オレと俺

（『17×63 鷹代航は覚えている』改題）

水生大海

祥伝社文庫

第一話・鷹代航は絶望する

1　航 vs. 章吾

　鷹代航は覚えている。二〇一七年、九月はじめのことだった。

「入れ替わり？　マーク・トウェインの『王子とこじき』みたいなのかな。国王の跡を継ぐ王子と、貧民窟で生まれた少年の」

　漫画研究部の顧問、オリンピックこと入谷先生が言う。『王子とこじき』の主人公ふたりは同じ日に生まれ、そっくりな顔を利用して入れ替わるうちに、互いの生活を知り成長していく。百四十年ほど前に書かれた小説だ。

　あれってマーク・トウェインなのか、『トム・ソーヤーの冒険』の。オリンピックは数学担当なのに、よく知ってるな。でも等々力が描こうってネタは、そっちじゃないはず。

オレは膝に置いた『週刊少年ジャンプ』を読むふりをして、聞き耳を立てた。部室にしている空き教室では、男子が漫画を読んだり、ノートに書きものをしたりしている。女子は笑ったりつつきあったりしながら小声で相談中。

二学期になって三年の先輩からオレたち二年に運営のバトンが渡されると、等々力がとたんに部長づらをしはじめた。って実際、部長だけど。

「『王子とこじき』？　違います、先生。服の取り替えじゃなくて、中身が入れ替わるんです。『君の名は。』や『転校生』みたいなの。もちろん男女で。観たことありますか？」

等々力の問いに、観てるよと入谷先生はうなずく。『君の名は。』は、一年前の二〇一六年八月に全国公開されるや、またたく間に大ヒットを記録した映画だ。『転校生』は一九八二年公開で、二〇〇七年にリメイクもされた。

「でもどうやって『君の名は。』を超えるんだ？」

「なに求めてるんですか、先生。僕ら高校生ですよ。超えるなんて、ハードル高すぎ」

等々力が笑顔で答えた。入谷先生が微妙な表情をして、「そうなの？」とぽつり。先生が言いたいことはわかる、と感じた瞬間、

「ふん」

と鼻から息が漏(も)れた。

「鷹代、なにか言いたいのか」

等々力の声が尖(とが)っている。

「……なに？　オレ、読んでんだけど」

「わかってるんだよ。おまえ、いつもはもっと前にのめり込んだ姿勢で漫画読むだろ。フリだよな？」

「いや、絵が、絵を、引いて、俯瞰(ふかん)で、見たいと思って」

「嘘(うそ)を言うなよ。聞こえてたよな、僕の説明。どう思ったんだ？」

どうって、と答えると、等々力がはっきりしろと畳(たた)み掛けてくる。言いたいことは山ほど頭に浮かぶけど、うまく言葉にできない。いつもそうなのだ。

「じゃあ、言うけど……、最初から超える気ないって、どうなの。同じもの作っても、しようがないじゃん」

「誰が同じものって言った？」

「だって」

「同じじゃない。あれは舞台が山だろ。僕が考えてるのは海だ」

いやそういうことじゃなくて。てかその設定、今思いついたろ。教室にいる全員がつっこみたがってんじゃない？

その気持ちを、等々力も感じ取ったみたいだ。持っていたノートを丸めて、机を叩く。

「鷹代、おまえに呪いをかけてやる」

「え？」

「呪いだよ！　呪いってのは科学的に証明できないから、罪にならないしな」

「ゲロでも踏むの？」

「こじきになれ。カエルになれ。獣になれ。もともと王子でも王でもないけどな」


鷹代章吾は覚えている。同じ日のことだった。

深夜十二時。食卓に置いたノートパソコンの画面を、娘の真知子が睨みつけていた。

「ここんとこの皺が消えなくなるぞー」

俺は自分自身の眉間を指し、真知子の顔をひょいと覗き込んだ。

「やだお父さん、まだ起きてたの？」

真知子がパソコンの蓋を伏せる。航のためになるべく残業をしたくないと、持ち帰れる仕事は持ち帰ることが多い。その分、自宅でパソコンを睨んでいるのだが。しかし当の航は、部屋に籠もりがちだ。

「寝る寝る。明日はハローワークの認定日だ。夜は出かけるから食事はパスな。会社の昔の同僚と飲み会だ。遅れていた送別会」

「仕事、紹介してもらえそう？」

「うーん。自分で工作所をやるというのはどうだ」

「起業するってこと？」

真知子が居住まいを正す。

「いや自分で機械を入れて、ネジやビス、オーダーに合わせてもっと複雑なものも作る。なにしろベテラン職人だ。人も雇うぞ」

「それを起業というんです。どれだけ初期投資が必要かわかってる？」

「退職金がある」

「落ち着いてお父さん。今、お父さんは六十三歳です。二年待てば満額の年金がもらえます。一から商売を始める気？」

「一からなものか。十八からずっと部品工場で働いてきたチーフエンジニアだぞ」

「割と大手の、お父さん自身も『部品』だったところでね。会社全体を知らないでしょ。経営とか経理とかわからないでしょ」

「経理はおまえが得意だろ」

「わたしには勤め先があります！」

真知子は正社員だが、中途採用で収入は多くない。だからこそ俺が一発当てて生活を楽に、と思う。

「そうはいっても六十過ぎたらたいした仕事はないんだ。清掃員に施設の管理人。どうせ身体を使う仕事なら、もうひと花咲かせたいしな」

求人の少なさを真知子のパソコンで見せてやろうと、俺は食卓をぐるりと回り込む。

足元の床が鳴った。築三十年とあって傷んでいるのだ。

「そこ直したいの。ガスレンジも調子が悪いし。でも余裕がないのよ。お給料が安くても、普通に働いてほしいんです。航の学費も要るでしょ。航には大学まで行かせてやりたいし」

航を大学にやることは、行き損ねた俺自身の夢でもある。退職金をその資金に使わせてもらえないかという話も出ていた。やれやれ藪蛇だ。

階段を駆け下りる軽やかな足音が聞こえた。すりガラスの扉越しに、玄関へと向かう影が見える。うちは三人暮らしなので、航しかいない。

「出かけるの？　こんな時間に」

真知子が立ちあがり、航に声をかけた。そのまま玄関に行くので一緒についていく。

「出かけない。自転車」

「自転車がどうしたの」

「鍵、忘れた」

鍵を抜いてくるのを忘れた、今思いだしたので取ってくる、と言いたいようだ。なぜそういう喋(しゃべ)り方をする。相手に伝わるように話せ。

「航は真面目(まじめ)だなぁ。俺の若いころなんて、親の目を盗んで夜這(よば)いに行ったもんだぞ」

そう言うと、真知子の目が吊(つ)り上がった。

「バカなこと言わないで」

「くだらない」

航も吐き捨てる。

「おまえたち気が合うじゃないか。さすが親子だ」

ふたりから白い目を向けられた。やっぱり気が合うじゃないか。

自転車の鍵を手にしてすぐに戻った航は、無言のまま二階へと駆け上がった。真知子と航はいつもこんな調子だ。十四年前、この家に航を連れて戻った真知子は、「航がトイレにもついてくるようになって、そばから離れない」と言っていたのに。

「まるでひきこもりだな。なにをやっているんだ？　勉強か？」

「漫画を描いてるみたい。成績は落とさないよう念押ししたから、勉強もしていると思うけど」

「またか。そりゃ俺も絵は得意だったが、今、女の子と遊ばなくて、いつ遊ぶんだ？」

「航に変なこと勧めないでよ。価値観はそれぞれです」

「男の子が好きなのか？」

「そういう意味で言ったわけじゃありません。……知らないけど」

「どんなエロ本持っているか調べてやろうか」

やめてください、と真知子がまた怒る。怒ると、真知子は口調が丁寧になる。

大口を叩いてはみたが、夜這いなんて法螺だ。ガールフレンドはいなかった。男の友人とはよく遊び、高校生活は楽しかった。だが三年生の半ばで父親が倒れ、急いで卒業後の就職先を斡旋してもらい、以来、一家の大黒柱だ。働いて働いて、一ヵ月ほど前に会社の業績不振を理由に定年再雇用組と派遣社員が解雇され、無職となった六十三歳。あとは二年、年金を待てと娘は言う。もうひと花咲かせたい俺の気持ちはどうなる。

今のうちに遊んでおけよ、航。明日なにが起こるかわからないんだ。もしも俺がおまえなら、そのときしかできないことを楽しみ、若さをとことん浪費してやる。

おまえがうらやましいよ。航。

ふたりがソレに気づいたとき、頭をよぎったのはこのことだった。

2　章吾

数日後のその日、俺は朝からご機嫌だった。

「昨日ジムで褒(ほ)められた。鷹代さんの体力年齢は五十代前半だってさ」

「職探しもせず毎日ジム通いをしてれば、誰だって筋力ぐらいつきます」

トーストの皿を手渡しながら、真知子は冷たい。

「してるとも、職探し。合間に家事もやってるぞ。ポテトサラダうまかったろ。サバの味噌(みそ)煮うまかったろ。今日も作ってやろうか」

「先週から、ううん先々週から何度も登場してる。お母さんが死んだ、わたしの中学のころなんて、一週間カレーだったよね」

「これを機に習いに行くか。リタイア男子の料理教室」

「覚えてくれるのはありがたいけど、習うのはよして。授業料がかかる。本とかネットとかあるじゃない。正直……ううん、なんでもない」

正直、ジムをやめてもらえない？　真知子はそう言いたいのだろう。だがそれぐらい許してもらえないだろうか。居場所がないのだ。誰かと話をしたい。

退職してすぐ仕事を探したがほどなく盆休みとなり、それ以降も目ぼしい求人がない。高校時代の友人から、再就職を望むなら退職前から動かなくてはと言われたが、急なリストラだったのだ。規模も大きく、ニュースにもなった。

航が台所兼居間へと入ってきて、食卓についた。黙ったままジャムに手を伸ばすので、話しかける。

「おはようとかいただきますとか言ったらどうだ」

「言った」

「聞こえない」

「耳、遠いんだろ」

「遠いわけがあるか。挨拶(あいさつ)は基本だ。なにが不満なのか知らないが、朝は機嫌よく。問われたらきちんと答える。ごまかしをするな」

「別に。……いや、不満は」

「はっきり言えよ」

「キャップ、……ろ？」

「単語で問うな。キャップがなんだって？」

「オレのキャップ、勝手に被ってたろ。白髪ついてた」

「野球帽のことか。去年、俺が職場でもらってきたあれだよな？　工場の若い子の新婚旅行のアメリカ土産。おまえに欲しいかと訊いたが、色が気に入らないと答えたぞ」

「でも押しつけた」

社員同士の結婚で、鷹代さんには世話になってますから、とプレゼントしてくれたのだ。ただ、通勤はスクーターのためヘルメット、工場では作業帽も支給されていたし、仕事をしていたころは使うあてがなかった。しまいこむぐらいなら、と航に渡してみたのだ。ところが無職になった今、適当な帽子がない。ためしに被ってみると悪くなかった。鍔、ロゴのある前面、それ以外の布の色がそれぞれ異なっていて、若々しく見える。先日の飲み会でも好評だった。

「玄関のフックにかかっていたから要らないのかと思ったよ。俺が仕事を辞めたころからあったから、返すので使えということかと」

「玄関のフックにかかってる、イコール、使ってる。そう考えるのがフツー」

「普通とはなんだ、普通とは。だったら言え。使いはじめましたって」

「そっちこそ言えば。返してくれって」

う、と言葉に詰まった。たしかに一度渡したものだ。断りを入れるべきだった。

「……すまなかった。返してくれ」

「やだね」

薄く笑う航の表情を見て、カッとなる。

「なんだその態度は。人が謝っているのに。気に入らないと言っていただろう。本当に被ってるのか?」

「趣味変わっただけ」

なんだと、と腰を浮かせると、「お父さん」と真知子が口を挟んできた。

「航はたしかに被ってたわよ。見たこともある。でも航、あなたもそんな意地悪を言わず、ふたりの共有にすればいいじゃない」

「年寄りは年寄りらしいの、被れよ」

「らしいって、どんなものだ。野球帽は王だって長嶋だって被っている。俺より年上だ」

「一緒にするな。あと、キャップな」

航が残りのパンを牛乳で流し込み、席を立った。「その口の利き方はよくない」「ごちそうさまも言う」と真知子が呼びかけても答えず、洗面所へと歩いていく。

「あれは野球帽だろう。なにがキャップだ」

「基本はベースボールキャップだと思うけど、アポロキャップとかバスケのとかも含めてキャップって言うみたいよ、ファッションとして。街中でたまに、ストリートやアメカジ系に合わせてるのを見る」

なんだそれはと問うと、ストリートは大きなTシャツやジャージに腰パン、アメカジはもうちょっと学生っぽい感じ、と真知子はわかるようなわからないような説明をする。

「ふん、俺のほうが似合っている」

立ちあがり、玄関から野球帽を持ってくる。被ると、真知子が呆れた顔をした。

「子供がふたりいるみたい。朝からつきあってられない。後片づけはお願いね」

洗面所から階段を駆け上がる音、やがて駆け下りる音が聞こえた。野球帽を被ったまま玄関に向かうと、航は嫌そうな顔でこちらを一瞥し、そのまま出ていった。

3　航

朝から不機嫌になった。

なにが不満だと問うから、思い浮かんだことを口にしただけだ。なんで最初から喧嘩ごしなんだ。ただオレも、なんで煽ってしまったのか。

イマイチだと思っていたキャップは、最近ネットで人気の商品として取り上げられていた。被ってみれば周囲にも好評で、もう返したくない。ただそれ以上に、じいさんが被っている姿を見て嫌な気分になった。

似ているからだ。オレ自身に。

じいさんは、彫りの深い顔立ちだ。高校時代の写真はカラーの現像が普及し始めた時期とのことで、褪色が功を奏し、悔しいが格好よく見える。

オレは童顔のほうだ。祖父似じゃないと言われてきたけど、今朝見たじいさんの姿は、キャップを目深に被って顔に陰影を落とし、格好をつけた鏡の中のオレにそっくりだった。

あんな能天気ジジイに似てるなんて。

子供のころは尊敬していた。生物学上の父のもとから逃げてきたオレとかあさんを守ってくれた。まるでライオンの王のようだと。だが、だんだんとわかってきた。

ちゃらい。軽い。お喋り。そのうえ若作りかよ。

雄ライオンは寝てばかりで、雌ライオンが狩りをし、子育てをするという話を聞いたときには深く納得した。まんまじゃん、今。

　そして今、さらなる不快の因(もと)が、部室で席につかされたオレを取り囲む。漫研の男子連中だ。断固、オレは抵抗するつもりだ。

「漫画の合作なんて、無理。文化祭は一ヵ月後、部誌を印刷する時間も必要じゃん。時間、キツすぎ」

　前にふたり、左右にはひとりずつと、敵は布陣を敷いている。

「面倒は承知のうえだ。しかし部の存続がかかっている。学校側は生徒数減と予算減のダブルパンチで、部の全体数を減らすつもりだ」

　前方右側に立つ等々力が言う。

　学校の部活動は、やりたい生徒がいるから存続させる、という単純なものではないらしい。場所と予算に限りがある以上、実績が要る。「生徒が集まって行う」必要があるかも問われていて、漫研が不利なのは特にその点だと、等々力は主張する。漫画はひとりでも描けるからだ。以前は「まんが甲子園」への参加もあったというが、いつの間にかなくなった。

「大きな改革を予定しているそうだ。去年、林(はやし)先生が脳溢血(のういっけつ)で倒れたろ。運動部の顧問をかけもちして、残業続きで土日も仕事。過労死だって言われてる」

「生きてるって。殺すなよ」

でも林先生は左半身に麻痺が残って、長く休職した。林先生のクラスは副担任に任されたものの新任者だったせいで、さまざまな問題が起きた。ちなみにその副担任は、今年からうちのクラスの副担任になったので、いろいろ不安だ。

「先生にしても自分らにしても、休みがないのはよくないって世間も騒いでるんだぜ。土日の部活動を控えろって、ネットで見た。うちの学校にもそんな流れ、あるし」

前方左側の佐川が、尻馬に乗ったような発言をする。

「オレらの顧問、オリンピックはだいじょうぶだろ。メインはサッカー部。まさにオリンピックなみに、サッカー部の四分の一しか来ないし」

「鈍いな、鷹代。そのサッカー部が学校で唯一、県大会ベスト4を続けている。かけもちをなくすなら、切り捨てられるのは漫研だ」

形だけの顧問とはいえ、いないわけにはいかない。それは知ってる。

「ゆえに！　合作だっ！」

等々力が身を乗りだし、語りはじめる。

「各人が個性を発揮し、協力し、最高のものを作り上げる。それは決して個人ではできず、漫研という場があるからこその成果物。作業を通して我々は人間的に成長する。これこそ高校の部活動だ！」

詭弁だ。おまえ同じ口で、「僕ら高校生に『君の名は。』超えなんて、ハードル高すぎ」って言ったじゃん。成長する気、ないだろ。

あのとき言ってたのが、合作のプロット、つまり構想らしい。正直それはどうでもいいけど、共同作業になる作画はどうでもよくない。オレは物語も絵もオリジナルを作る。まだ下手かもしれない。でも自分の頭で考えて、自分で工夫して描く。どこかの部活に入らなければいけないと言われ、他人に合わせる必要のない漫研に入ったんだ。今さらどうして誰かと足並みを揃えなきゃいけない？

「人間的に成長、それ、ひとりだってできる。等々力の言う合作、Aのキャラは等々力、Bのキャラは佐川が描く、ってのだろ。作業、大変すぎるって」

「大変だからこそ、チャレンジのし甲斐があるんじゃないですか！」

左脇にいた一年生の三浦が言う。素直な性格なのか、等々力に洗脳されているのか。

「女子はもう合作を進めてるって話っす」

大柄な体型をしたもうひとりの一年生、古田が言った。こいつに右脇、廊下側を塞がれたのは痛かった。逃げられない。でも女子がもうやってるなら、そっちに任せておけばいいんじゃないか？

「ひとりで抵抗するつもりか、鷹代」

等々力がなお迫ってくる。漫研には、二年生に男子がもうひとりいた。たまにしか顔を出さない幽霊部員だけど。

「小宮は？　合作、反対だよね。美術部とかけもちだから、合作する時間なんて」

ふっ、と等々力が笑った。

「ヤツは落ちた。背景担当としてあとで加わるそうだ」

本当に本当？　と訊ねて、場がさらに紛糾した。窓の外がだんだん暗くなってくる。

たやすく首を縦に振ってやるものかと、抵抗を続けた。学校から帰宅を促されたのが午後七時半。諦めろと言われてもぐずり、場を変えて駅ビルにたむろし、何時間経ったのか。もうひとりの反対者のはずの小宮を呼べと――実際には「小宮に確認しないと、直接訊かないと」と言ったんだけど――時間を稼いだ。でもやってきた小宮は、「ごめん、鷹代」とぽつり。

屈するしかないのか？　あるいは……

「あ、おいこら鷹代、逃げるな！」

この手以外にない。

等々力たちの怒声、迫りくる足音が聞こえたが、オレはなんとか逃げおおせた。電車通学の生徒は帰路の時間を考えて、遅くならない電車に乗るよう学校に指導されていた。等々力も電車通学のひとり。十時半までには帰っていくはずと、オレは繁華街を転々と移動しながら、待つ。

オレは自転車通学だ。学校を追い出されたあとは、駅の駐輪場に自転車を停めていた。家から学校までは二キロ強。駅はやや遠回りだけどその中間で、底辺に対して高さが低い三角形のような位置関係にあった。どちらも歩ける距離なんだから、学校に自転車を置いたままにすればよかった。

部員の誰かが自転車を見張っていたらどうしよう。いや家の近くか、途中のコンビニで待ち伏せされている可能性もある。そのときは自転車でぶっちぎるほうがいいし。

妄想が浮かんでは消える。スマートフォンの電源も切った。電話の音から居場所が特定される、なんて映画を観たことがあったからだ。結局悩んだ末に、自転車を取りに戻ることにした。

駐輪場は駅ビル、正確には駅に隣接するビル型駐車場の一階にあった。低い段と高い段が交互に並ぶスライドラック式だ。高さをずらして多くの自転車を収納する仕組みで、足元のレバーを踏むと隣り合う自転車が左右にスライドする。常時、狭い。でも夜も遅くなった今は空間があった。すかすかになったラックの上にブルーシートがちらりと見える。

いや違う。シートじゃない。ブルーの服を着た人間だ。

誰かがうつ伏せに倒れていた。あのブルーのジャージ、どこかで見たような。派手なキャップも。ジャージの脇腹に、赤いものが広がっていた。て、赤い？　まじ？

「だ、だいじょうぶですか。あ……」

助け起こそうとして、途中で声が出なくなった。倒れているのは——

そのとき、頭に衝撃を受けた。

4 章吾

「よかった、気づいたのね」

俺の目の前、左側から覆いかぶさるように、娘、真知子の顔があった。疲れた表情だ。

「どう……した。なに、が」

「あんな時間までなにやってたのよ」

なにをやっていた？　なんのことだろう。頭に霞でもかかったようだ。

「わから、ない」

「そう言えばごまかせると思ってるの？」

「ほんと、に、おぼえて、……ない」

上半身を起こす。言葉はうまく出なかったが、身体は思いの外、軽かった。ジム通いの成果で、腹筋が強くなったのだろう。天井はクリーム色。左右にカーテンがかかり、正面、足元の先は広い空間で、なにやら機械が並んでいる。白い服の女性が近づいてきた。医者なのか看護師なのか判断できないが、病院には違いない。

「気分は悪くないですか?」

女性の問いかけに、俺は「はい」とだけ答えた。

「ありがとうございます。CTの結果は出たんですか?」

真知子が女性に訊ねている。

「問題ありませんでしたよ。ただ頭なので、しばらくようすを見ましょうね」

「父は……」

「がんばってますよ」

女性が真知子に向けて、深くうなずいた。去っていく。

俺はがんばらなくてはいけない状態なんだろうか。どこが悪いのだろうと、右手で左腕を、左手で右腕を触り、シーツの下の脚を動かす。痛いところはない。頭を触って、ネット状のものを被せられていることに気づいた。

「取らないで。少しだけど縫ったのよ。左のここ」

真知子が自身の側頭部を指さす。

「覚えてないの？　頭に自転車をぶつけられたのよ。酔っ払いに」

そいつはプロレスラーなのか？　自転車を振り回す筋骨逞しい男の姿が頭に浮かぶ。

「駅の駐輪場、自転車が左右にスライドするでしょ。人がいないか確かめてから動かすよう注意書きもあるのに、酔ってて確認しなかったんですって。あなたがうずくまってたから見えなかったと言ってるらしいけど」

「うずくまって、た？」

振り回したわけではなく、スライドしてきた自転車が頭にぶつかった、ということか。

しかし俺はなぜ、そんな危険な姿勢をしていたのだろう。

「倒れてるところを助けようとしたんでしょ。いいから航は寝てなさい。もうすぐ夜も明けるし」

「え。いま、なんて」

「夜も明ける。朝四時半よ。病院に運ばれたのは昨夜の十一時前。そりゃ酔っ払いもうろついてます。ホント心配したんだから。残業を終えて戻ったら家は真っ暗で、ふたりともいないし連絡もつかないし。じゃ、わたしはおじいちゃんとこに行くね」

真知子がカーテンの向こうへと消えた。

おじいちゃんとこに行く、だと？　俺の父は、真知子の影もないころに死んでいる。妻、温子の父も他界した。これは夢か？　真知子が死にかけていて、あの世に連れていかれるわけじゃないだろうな。それに、倒れてるとはなんのことだ？

確かめなくては、と左足をベッドから下ろした。置かれていた靴は、航のものだ。

なぜこれが、と思ったが、足先だけ入れるかとつっこんだところ、綺麗に収まった。航のサイズは25、俺は26・5だ。奇妙な気分になって、足を持ち上げ身体に寄せた。驚くほど近づいた。その足は、すべすべしている。手を見ると張りがあり、指も節くれだっていない。

おじいちゃんとかいう話の前に、真知子はもっと変なことを言ってなかったか？

浴衣のように前が合わさった病衣を眺める。下は薄手のズボン。ずり下げて、おそるおそる左の太腿を見る。丸い火傷の痕が、星座のようにいくつか散っていた。

二度と消えない、航の傷だ。

はじめてこれを見たとき、頭がカッとなった。今も頭が熱く、ぐるぐるとなにかが渦巻く。世界が歪む。

電灯は煌々とついている。ベッドから出てカーテンの先に進んだ。部屋は広く、いくつも機械が置かれていて、同じようなカーテンが片側にずらりと並ぶ。ＩＣＵか救命治療室なのだろう。

先ほどの白衣の女性がやってきて、動かないほうがいいと止めてきた。

「まちこは」

と問うと、やや間があって、「鷹代さんね」と腕を支えながら進んでくれる。

空きベッドをひとつ置いたカーテンの先に、真知子の背中があった。

「まちこ」

呼びかけに、不思議そうな表情で真知子が振り向いた。その身体で隠れ、患者の顔が見えない。いくつかの管がベッドから出ている。シューシューという音がどうにも気になる。

「じんこうこきゅうき……」

「酸素吸入器ですよ。自発呼吸はあります。手術も成功したし、お腹の傷は幸い内臓を逸れていました。頭はしばらく様子見ですね。ＣＴでは、あなたと同じく目立った変化はないけれど」

白衣の女性の言葉に、再度、真知子に目を向けた。真知子が悲しそうに口を開く。

「刺されたの。頭も殴られて」

「さされ……？　だれが、やった」

「わからない。犯人は捕まってなくて。ねえ航、あなた――」

航。真知子がまた呼びかけてくる。

「といれ」

ついてこようとする真知子を振り払った。用を足したいわけではない。求めているのは鏡だ。鏡を見――

――叫んだ。

どこからどう見ても、これは航だ。頰を叩くと、鏡の中で航も頰を叩いている。まだ髭もほとんどない、つるりとした感触を指に感じる。再び叫んだ。声が止まらない。

「だいじょうぶ？　気持ち悪いの？」

真知子が廊下から呼びかけてくる。このままうずくまっていたい。だが確かめなくては。

トイレを出ていくも、足元がおぼつかない。

ベッドに戻るように促してくる真知子を無視し、元いたベッドからひとつ置いた先へ向かう。よし、と覚悟を決め、その顔を覗き込んだ。

誰だ。このじじい。

正直、そう思った。斜め左向きに寝かされた男は、口元を透明なマスクで覆われていた。額（ひたい）と頰と鼻にガーゼ。頭には包帯と医療用ネット。顔がよく見えない。だが航ではない。航には皺などない。髪も黒い。目の前にある頭はごま塩で毛量があり、そう、俺も還暦すぎにしては髪が多く、同じようなごま塩だ。……まさか、ここにいるのは。

「ねえ航。あなた昨夜、なにか見なかった？　警察の人が言ってたけど、どうやら、倒れているおじいちゃんをあなたが助け起こそうとしていたみたい。夜の駐輪場って、人がやってくるのは電車が着いた直後でしょ。到着する電車のない時間帯だったのか近くに誰もいなくて、おじいちゃんになにがあったのかわからないらしいの」

真知子が言う。さっきからの話をまとめると、俺、鷹代章吾が刺され、殴られたということか？

しかし記憶がない。真知子の説明によると、俺が倒れていたのは自転車用のスペースだ。あの駐輪場にはスクーター用の場所があり、たまに利用する。なぜ自転車用のほうなのだ。出かけるところだったのか、帰るところだったのか。……昼はなにをしていただろう。朝はどうしただろう。思いだせない。

「まずい。にんちしょうか？」

「認知症？　なに言ってるの？　航こそどうして帰りが遅かったの？　学校でなにかあっ

た？」

それは航に訊いてくれ。

ふいに思いだした。朝、野球帽のことで航と喧嘩をした。年寄り呼ばわりされた腹いせに被り、そのあとも被ってでかけた。

そのあと……いつだったろう。でかけた……どこへだろう。

衣類が一式、野球帽も含めて透明なビニール袋に入れられ、片隅に置かれていた。ポロシャツとジーンズは俺のものだ。だが青いジャージは航の服だ。航が着ていったのか？自分が着ていったのか？

落語、「粗忽長屋（そこつながや）」を思いだす。兄弟分から、自分が死んでいたようだと知らされて、死体を引き取りに行く男の話だ。たしか死体を抱いて、「そいつが俺ならここにいる俺は誰だろう」などとつぶやくのだ。

ベッドで寝ているのが俺なら、今ここにいる自分は、誰なんだ。

そのとき、ベッドにいる男の、瞼（まぶた）が動いた。「お父さん」と、真知子も身を乗りだす。

開いた目と、目が合った。

5　航

目の前にオレ自身がいて、心配そうに見つめている。

幽体離脱？　いやそれ、動かない自分を上から見つめてるのがフツーだから。

かあさんの声が聞こえた。――「お父さん」と。

白衣の人間が呼びかけてきた。――「鷹代章吾さん、わかりますか？」と。けど、じいさんはいない。

もうひとりの自分が顔を寄せてきた。小声で問うてくる。

「おまえは、俺か？」

分身の術？　ないない、忍者の修行をした覚えなんて。

「オレ、航だけど」

そう返事をしたが、口元がなにかで覆われていて、くぐもる。届いただろうか。目の前の〝オレ〟は、悲しそうな顔になった。

「落ち着くんだ。いいな、落ち着け」

そう言って、かあさんになにか指示をした。かあさんが不思議そうな表情で鞄（かばん）からスマホを出して渡す。〝オレ〟が、少しいじって、画面を目の前に突きだしてきた。

カメラアプリだ。自撮りモードになっている。

ガーゼだらけの祖父、章吾が映っていた。意味がわからなかった。再度、〝オレ〟が顔を寄せてくる。

「おまえは、俺だ。俺が、おまえだ」

頭が真っ白になった。気づけば両手両足をめちゃくちゃに動かしていた。


救急車で運ばれてからICUとやらに入れられていたオレは、二日目の朝、一般病棟に移った。長ければ数日、ナースセンター前の個室で過ごすらしい。治療の都合なので差額ベッド代はかからないと聞いたかあさんが、ほっとしていた。現金すぎ。

頭を打った〝航〟は今朝退院を許された。そいつはオレだけどオレじゃない。じいさんだ。そのオレであるじいさんは、オレの付き添いを理由に病室に居残っている。会社を休んでまで心配するかあさんを、家で寝てこいと帰していた。医師や看護師、他の人間に邪魔されない場所で、いろいろ相談する必要があったからだ。しかしじいさんときたら、肝心の事件について「記憶がない」のひとことだ。そこに入れ替わった原因が隠されてるかもしれないのに。

「にしても、なに考えてんだ。落ち着けとか言いながら、カメラ見せて」

「カメラならロック解除しなくても立ち上がるんだぞ、あいつのスマホ。知ってたか?」

オレの姿をしたじいさんが、ベッドの傍らから言った。自慢げに。

「カメラ機能なんてどうでもいい。パニクるだろ、って話」

「見せるのが一番早いと思ったんだよ。状況も理解できただろ」

「スパルタか」

フィクションの世界には、あり得ない話が山のようにあふれている。人肉を喰らう不死の化け物と闘う、異世界に召喚されて闘う、異世界からやってきたヤツと闘う。オレは運動神経が乏しいから、最初に死ぬ間抜けキャラだろう。入れ替わりだってよくある。闘う系よりマシ。だが、あり得ない。

だいたい、なぜ入れ替わる相手がジジイなんだ。フツー、女の子だろ? かわいくて、肌はすべすべで柔らかく、その柔らかい部分につい、つい、いけないと思いながら指を伸ばしてしまいそうな。

等々力には文句をつけたが、フツーの設定が一番だ。じいさんはジム通いで鍛えていると言ったが、肌はたるんでいる。目の焦点も、変な風に合わない。ふたりとも普段は眼鏡が必要なくて、周囲のようすは問題なく見えるのに、手渡された入院案内がぼやけて読めなかった。これが老眼ってヤツかと驚き、背筋が寒くなった。

元に戻れなかったらどうなるんだ？

「脳移植手術、されてないよな？」

と訊ねると、じいさんが頭に被せられたネットを引き上げて見せてくる。オレ、鷹代航の頭を、だ。どうにも奇妙な光景だ。慣れない。慣れたくない。

「その技術はまだできていないだろう。俺は左の側頭部に傷があるだけだ。移植するならぐるりと切るんじゃないか？」

「だったらやっぱ、魂とか意識、入れ替わった系。オレの言ってる意味、理解できる？」

「年寄り扱いするな」

扉の向こうから、「話はできるはずですね」と男の声がした。看護師の声が止めたが、返答を待たず扉が開く。ふたりの男が入ってきた。左手に立つほうが右田と、右手に立つほうが阿左と名乗った。刑事だという。

「誰に襲われたかわかりますか？　なぜ駐輪場にいらしたんですか？」

体調を気遣われたあと、右田さんからすぐその質問がやってきた。なにしろじいさんは殺されかけたのだ。けど、じいさんが覚えていないのだから、オレもわからないとしか答えられない。

「傷は右の脇腹にあり、背後から刺されたとみられます。その後、頭を殴られた。倒れてから殴られたか、殴られて意識がなくなったところでラックの陰に引きずりこまれたのかわかりませんが、覚えていますか？」

それもわかりませんと答える。ふむ、と左手側に立つ右田さんは考えこんでいた。ややこしいから逆に立ってくれないかな。

「誰かに恨まれる覚えはありますか？」

阿左さんが訊ねてくる。恨み。じいさんからは聞いていない。

「あるわけない」

答えたのはじいさんだ。――オレの姿の。右田さんが視線を向けると、得意げに続けた。

「祖父が誰かに恨まれるなどあり得ません」

「まったく？」

「祖父は人格者です。上司に頼りにされ部下に慕われ、ジムでも大人気で」

言うにことかいて、このジジイ。

でも、じいさんに恨みを持つ人間なんているんだろうか。こんな能天気ジジイの。

「防犯カメラ」

オレがそう口にすると、右田さんの視線がベッドへと戻ってきた。

「えと、カメラないの？　駐輪場」

右田さんと阿左さんの視線が交差する。右田さんが口を開いた。

「たしかについてはいるんですが、ダミーもあり、網羅されているとは言えないようです。倒れていた場所は死角になっていました」

「……じゃあ、出入りするとこ、そこを通った人が、犯人」

「自転車やバイクが出入りする場所にはカメラがついています。ただ、停めたあと、人だけが出入りするところがありますよね。いくつかある出入り口のうち、自転車やバイクの出入り口脇や駅につながっている出入り口以外のところに、設置の漏れている箇所があるんです。クランクになっていて自転車を持ちだすことができないため不要だと考えたのかもしれない。現在ビデオのチェック中ですが、そちらから出ていった可能性もあるので、絶対という期待はしないでください」

じいさんと目が合った。じゃあ警察はどうやって犯人を見つけるんだ？

「目撃者は？」

「財布とスマホはどうなったんだ、……祖父の」

オレ、じいさん、の順に訊ねた。襲われたじいさんの財布とスマホは、警察が預かっていったとかあさんが言っていた。どちらもじいさんの身体のそばに落ちていたという。

「目撃者は引き続き捜索中です。財布は、紙幣が抜かれていました。布越しに触った跡があるので、指紋は採れないかもしれません。スマホは壊れています。データを復元できるかもしれないので、こちらはもうしばらくお預かりしたい。衣類も」

右田さんはそう言って、念のためと、オレとじいさんの指紋も採った。

「ところで鷹代さん、航さんのほう。ずいぶん遅い時間まで外にいたようだけど、どこでなにをしてたのかな」

阿左さんがオレの姿をしたじいさんを見て、訊ねてくる。

「部活、の話し合い。……と聞いてる」

なにをしていたのかじいさんに伝えていなかったので、オレが代わりに答える。阿左さんが小首を傾げた。

「学校はとっくに終わっている時間ですよね」

「駅に移動して、ちょっといろいろあって、駐輪場、自転車取りにいった。……ときに航が、オレ、見つけてくれたんで」

老人の姿のオレがまた答えたからか、阿左さんが困ったような表情になった。しかし。

「感心しませんねえ、鷹代さん。深夜に青少年を外出させてはいけないという条例を、ご存じありませんか？」

「深夜ってほどの時間じゃないだろ。夜の十時台だ」

じいさんの口調が強くなる。それ、オレが警察に文句つけてるってことになるじゃないか。もっとソフトに言ってくれよ。

阿左さんが、ふいに笑顔になった。

「深夜とは夜十一時以降を指す。しかしきみがそれまでに帰宅していた保証はないね。ただ幸い、きみの怪我が不慮の事故ということは明白なので、問題にしない方向で処理できる。鷹代航さんに怪我をさせた男性は直前に着いた電車から降りてきたばかりで、鷹代章吾さんの事件の犯人ではない。もちろん凶器など所持しておらず、救急車を呼んで適切に処理をしたと、そういうことだ。補償にも応じると言っている」

「どういうこと？」

オレの質問に対する答えはこうだ。

「その男性の身元は保証する。航さんの事故は伏せておいていただきたい。そのかわり我々も、深夜外出は不問に付します」

6 章吾

「航に自転車をぶつけた男は、十中八九、警察関係者か政治家絡みだな」

俺の顔でむくれている孫に、そう言った。

「卑怯だ」

航はなおむくれる。

「高校生が夜中まで遊んでるからつけこまれるんだ。しかし航、俺の顔をしながら、単語で喋るのはやめてくれ」

「好きでこの顔、してない」

起こしていた上半身を、航は乱暴な仕草でベッドに預ける。とたん、あたた、と脇腹を押さえながら呻いた。

本来なら俺が負うべき痛みだ。「悪いな」と口に出た。

「まったくだ。ちくしょー、どうしてこうなった。ワケわかんねえ」

「航が言ったじゃないか。魂だか意識だかが入れ替わったって。映画を観たことがあるぞ。神社の階段を転がり落ちていたな」

「大林宣彦の『転校生』？　小林聡美と尾美としのりのほう？　そういうの、観るんだ？」

驚いた顔で、航がこちらを見てくる。

「また年寄り扱いか。和枝が、名古屋の叔母さんが結婚する前、デートで観た映画をよく教えてくれた。それのひとつだ。俺たちは真知子が小さかったから映画館には行けなかったが、あとでテレビで観たんだ。昔はたびたび、テレビで映画をやっていたからな」

俺は、病気の母親を安心させるため、早くに結婚した。既に父親はなく、母親もそのあと他界したので、妹の和枝は今と同じ場所に建っていた昔の家で、俺たち家族と暮らしていた。嫁入り支度をしたのも俺だ。

「航こそ、随分古いのを知っているじゃないか」

「レンタル。別の映画から遡った。上から目線で知識ひけらかすヤツ、いたんで」

「そうか。じゃあ怪我が治ったら一緒に階段から落ちてみようぜ」

航は呆れ顔だ。

「楽しそうだな」

「こうなってしまった以上、開き直るしかないだろう」

ふん、と航がシーツを被ってしまった。すねたところで状況は変わらないだろうに、やっぱりまだ十七歳、子供だ。

「……ばらすこと、は、考えない？」

シーツの中から声がした。おお、航だ。俺の顔をしているけど航だ。自分たちの声はそっくりだ。

「真知子にか？　あいつは現実主義者だ。それにさっき相談して、黙っていようという話に落ち着いたよな。どうせ誰も信じないし、奇異な目で見られるだけだって、航も言ったじゃないか」

「人体実験も、格子とかのついた病院、閉じ込められるのも、ごめん。けど、じいさん、すぐ信じたろ。案外信じる人いるかも。試せる方法、あるかも」

試せる方法、イコール人体実験だろうが。痛み止めや鼻炎薬のように、飲めば一定の効果があるものが存在しているとは思えない。

「俺が信じたのは当事者だからだ。そうそう信じるものか」

「……当事者ね。でもいろいろ、違うし」

それきり航は、シーツの中で黙ってしまった。

航は俺を、昔話に出てくる老人だとでも思っているのだろうか。生まれたのは昭和二十九年。戦後十年近く経っている。団塊の世代のそのまたあとだ。東京近くの工業都市に生まれて、文化も経済も右肩上がりの時代。父親が生きていれば大学にも行けた。たいていの機械は扱えるし修理もできる。スマホだって四十一歳の真知子より使いこなせている。

その真知子が、昼過ぎ、青白い顔で病院にやってきた。

「航、ありがとうね。休ませてもらった。おじいちゃんの付き添い、代わるね」

休んだと言うが、そうは見えない。

「本当に寝てたのか？　ちゃんと食べたか？」

「なに生意気な口利いて。航こそ家に帰って寝なさい。漫画描いてちゃダメよ」

航は漫画を、家族に見せてくれない。入れ替わっている今のうちに見てやろう。だがそれより先に、まず思いださなくては。

刑事は捜査中としか言わない。防犯カメラも当てにならない。なにがあったのか、俺自身が思いだすのが一番早い。

なぜ俺は、あそこにいたのか。

犯人のことだけじゃない。それさえも記憶にないのだ。

「俺、いやじいさんが、事件のことを思いだせないって言っていたよな。かあさんがわかる範囲でいいから教えてくれないか。かあさんは残業だったんだよな。遅くなるって連絡は家の電話にしたのか？　じいさんのスマホか？　じいさんはどこにいたんだ？」

驚いた表情で真知子が見てくる。そんなに変なことを言ったか？

「えぇっと、……わたしが電話をしたのは夕方六時ごろ。おじいちゃんはスーパーにいたんじゃないかな。店の音楽が聞こえてたから」

「事件があったのは、電車の到着時刻からみて夜の十時四十分すぎだろうと警察から聞いた。それまでなにをしていたんだ？」

「さあ。ジムじゃない？　暇さえあれば行ってるから」

「スーパーから家に戻って、また出かけたってことか？」

「わからないわよ。わたしが帰ったときはいなかった。食器が洗い桶に入ってて、食卓に置かれたスーパーの揚げ物が少し減ってたからごはんは食べたんでしょう。航、あなたこそあの日の夜、ちゃんと食べたの？　『メシ食って帰る』としかLINEしてこないし」

航のスマホのほうで確認したから、それは知っている。航は、真知子と俺に同じ連絡をしていた。夜の八時すぎだ。

「かあさんが帰ったのは何時だ？」

「十時すぎ、二十分くらい。事故でもあったのか道が混んでて」

真知子は軽自動車で通勤している。食事を摂った時間はわからないが、俺は十時二十分より前には家を出ているということか。

「じゃあ、俺は家に帰るよ。じいさんのことは病院にも任せられるんだし、無理するなよ」

真知子がますます不思議そうな顔をする。

「航、どうしちゃったの？　あなたがそんな優しいこと言うなんて。頭打って、おかしくなった？　なんかしっかりもしてるし、朝も気遣ってくれてたし」

「……な、なに言ってるんだよ。俺は、根は優しいんだ。普段は必要がないからだ」

「そうね……、おじいちゃんのこと、助けてくれてありがとう」

真知子の目に涙があふれる。よせ。娘の涙は昔から苦手だ。

「当然だろ。じゃあ帰る。ああ、航の……俺の自転車は、駐輪場から移動させていないよな」

「まさか取りに行くつもり？　ダメよ。頭の怪我に響く。しばらくはおとなしくしてないと」

「だいじょうぶだいじょうぶ」

俺は駆けだした。身体が軽いことに心が浮き立つ。すぐに、看護師に注意されたが。

駅ビルの駐輪場で、俺、鷹代章吾が倒れていたとされる場所は、ブルーシートで覆われていた。現場を見たらなにか思いだすかもしれないと期待していたが、駄目だ。さっぱり記憶にない。

「航くんか。驚いたよ。タカの……おじいちゃんの具合はどうだ？」

姿を捜して話しかけた相手は、スモやんこと洲本勝一だ。高校時代の友人で、再就職を望むなら退職前から動かなくてはと言った奴だ。

元銀行員で、最後は融資先の会社に出向していたという。望めば定年延長や再就職先の紹介もしてもらえたそうだが、健康なうちに第二の人生を楽しみたいと断り、生活のリズムを作るためにシルバー人材センターの紹介で週三日ほど駐輪場の係員をやっている。子供ふたりも就職して独立、つつがなく暮らしているそうだ。仕事では苦労も多かったのだろう、頭頂部がまぶしい。いや、さびしい。転勤に次ぐ転勤で全国を飛び回り、どこでなにをしていたのか俺も知らなかった。再会したのも俺がリストラをされて、この駐輪場にスクーターを停めるようになってからだ。航にも無理やり紹介した。

「だいじょうぶです。ただ、事件前後の記憶がないらしくて。まじかよ、って感じ」

航は、洲本にどんな口の利き方をしていたのだろう。工場の若い連中の話し方を参考に、若者言葉を交ぜてみた。洲本は違和感を持っていないようだ。

「タカのこと、ニュースには名前が出てなかったけれど、今、ネットってすごいんだな。昨日、事件の翌日は、係員の僕らでさえ被害者は六十代の男性としか知らなかったのに、今朝は誰かがタカの名前を拾ってきたよ。そこのブルーシートの写真も載っていたそうだ。誰が調べて書き込むんだろうね、ああいうの。若い子ならわかる？」

　若い子じゃない俺に訊ねられても。

「でも一緒に怪我をした少年のことは、ニュースにさえなっていないんだよ。救急車が二台来たと警備の人が言ってたのに不思議だなって、それもあって係員の間で話題になったんだ。少年って航くんのことだったんだね。きみの怪我はだいじょうぶ？」

「だいじょうぶっす。なんかちょっと、捜査上言えない事情とかあるみたいで」

　適当にごまかす。本当は言いふらしてやりたい。俺だって悔しいのだ。だがどう騒げばいいかわからない。その分、賠償金はたんまりふんだくってやる。

「なるほどな。タカには今度見舞いに行くって伝えておいてくれ」

うなずいたが、航に俺のふりができるだろうか。教育しておかなくては。

「みなさんの間で、また、お客さんなどから、犯人の目撃情報は出ていませんか？」

「警察からも訊かれたよ。申し訳ないけど、夜はシルバーからの係員は帰ってしまうから、僕も含めて誰もいないんだ。ビルの警備室が担当になる。彼らからも聞いてないなあ」

目撃者になる可能性があるのは利用者だけ。しかし航に自転車をぶつけるような酔っ払いもいる時間ということか。なかなかに難題だ。

「ありがとうございました。祖父のスクーターは後日取りにきます。放置車扱いにしないでください」

今の航の姿では無免許運転になる。俺の姿の航でも動かせないだろうから、真知子に頼むか。

「タカのスクーターだって？　見てないよ」

どういうことだ？　俺はいつもスクーターで行動するんだが。

スクーターは家に置かれていた。駅までは一キロ少々なので雨なら歩くかもしれないが、新聞を確かめると、一昨日（おととい）は降っていない。なぜスクーターじゃなかったのだろう。

ジムに電話をかけ、一昨日のことを確認した。家からかけたため電話番号も表示されたのか、孫だと名乗って訊ねると、俺が行っていた時間を教えてくれた。「はじめてのヨガ」夜コースの、八時から九時に参加していたという。ついでに、ジムにはスクーターで行っていたこともわかった。であれば、着替えとシャワーの時間を加味して、午後九時半には家に戻ったはずだ。他の会員と話しこんでいればもう少し遅かったかもしれない。ジムから戻ったあとで食事をしたのだろう。これまで、食事のあとに運動したことはない。

つまり、だいたい十時から真知子が戻る十時二十分までの間に、家を出たということになる。用を思いだしたのか、誰かに呼びだされたのかわからないが、ずいぶん遅い時間だ。

受話器を戻したとき、留守番電話が作動していないことに気がついた。

今日の午前中、タオルなどの病院に持ってきてほしいものを頼むため、伝言を入れたばかりだ。真知子が寝ているかもしれないので起こさないよう、スマホではなく家の電話に宛てて。履歴を確かめると、それも含めた全部の録音が消えていた。

留守電の作動ボタンを押す。次は荷物の確認だ。台所兼居間の続き間の和室が俺の部屋だ。なくなっているもの、逆に増えているものはないか。

電話が鳴った。留守電にしたのだし、と放っておく。

『いないのか？　おい。おい』

電話から男の声が流れた。

あっ、と思ったときには電話に駆け寄っていた。受話器を持ち上げる。

『いたか。真知子』

相手の声が再び流れた。

「なんだおまえ！」

怒鳴(どな)った途端、電話は切れた。

着信履歴からかけ直してみたが、出ない。

いまさらあいつがなんの用だ。航の父親であり、かつ真知子の元夫、山中亮人(やまなかりょうと)が。

7 航

「航から話は聞いた。どういうことだ。まだあいつと会ってるのか」

やべ。完全、棒読みじゃん。

オレはじいさんから頼まれた台本どおりに喋った。かあさんは不審がりはしなかったが、ムッとしていた。

「……会ってなんてない」

夕方、じいさんが再び病院に戻ってきて、三人で集まったところだ。ラッキーなことに病室は個室。あれ？　ラッキーもなにも、急変の可能性があるからナースセンター前の部屋なんだよな？　だいじょうぶなのか、この身体。

「留守録消してあったって、つまり、あいつからの電話、一度だけじゃないんだな？」

「家に帰ったら、つながってすぐ切られた知らない番号の電話が、何本も録音されていた。気持ち悪かったけどこういう状況でしょ、出ないわけにいかないじゃない。そしたらあの人で。お父さんのこと、ネットで知ったって」

「重傷だから家にいない、そう思ってかけてきたんだな。ところがじい……いや航が出て、声をオレと間違えて、ビビったと」

オレの父はろくでもない人間だ。結婚を機にやめたはずの競馬と競輪だったが、つきあいで賭けたのを機にまたはまりこんで、借金しまくり仕事にもつまずき、オレとかあさんに八つ当たりをした。借金はあいつの実家がなんとかしたらしいけど、ヤツはオレに煙草の火を押しつけ、消えない傷をつけた。

小学生のころ、大声を出す大人の男の人が怖かった。太腿に残る火傷の痕に同情の目を向けられるのも、ムカついた。内向的なのはDVの影響では、なんて言われたこともある。ふざけんな。どうしてそばにいないあいつに支配されなきゃならないんだ。

「あいつ、なんで電話してきたんだ？」

オレが訊ねると、かあさんはうつむいた。

「だいじょうぶかって。心配だって」

「なにが心配だ！」

オレの姿をしたじいさんが大声を出す。あんたが興奮してどうするんだよ。てか、オレが興奮すべきなのかな。今さらで白(しら)けた気分なんだけど。

「心配なんて嘘よ。ただの口実」

「じゃあなんの用」

「やり直したいって。一ヵ月ほど前からそんなメールが来ていた。無視してたけど」

「メール？　あ、いつだったか、ノートパソコン見て怒った顔をしていたのはそれか！」

じいさんが突然口を挟んできて、かあさんが「航？」と首をひねる。おい、じいさん。それ、オレがいないときの話じゃないの？　気をつけろよな。

「えーっと、メールアドレス、なんで知ってるんだ」

オレはなんとかごまかした。家の場所や電話番号は昔のままだが、携帯電話の番号まではかあさんも知らせていないはずだ、とじいさんが言っていた。メールもだろう。

「以前勤めていた会社の人が、うっかり教えちゃったみたい。当時のことを知らない人」

両親は仕事を通して知り合ったらしい。離婚時のごたごたで会社に迷惑がかかり、かあさんは当時の勤め先を退職する羽目になったという。

「離婚して十四年も経ってるのに、どうして今ごろになって」

じいさんが問う。

「お義父さんが、山中の父親が亡くなったそうよ。ひとりになって寂しいって」

はあ？　子供でもあるまいし。

「犯人は、あいつじゃないのか？」

驚いた顔で、かあさんがじいさんを見る。じいさんが続けた。

「じいさんがいなくなったら、かあさんや俺を自由にできるじゃないか。言うことをきかせられると思ったんじゃないのか？　邪魔者は消せ、だ」

「そんなことわたしがさせるわけないじゃない。あの人があなたになにしたと思ってるの？」

オレは、ベッドサイドに立つじいさんの――二日前まで自分のものだった太腿に目を向けた。

「でも俺が、いや、じいさんが気づいてあいつをぶちのめすまで、かあさんは何もしなかっただろ？」

「それは、……ごめんなさい。まさか、あんなにひどいことをしでかすなんて思いもしなくて。あの人の仕事さえうまくいけば、元の穏やかな性格に戻ると信じてたし」

「ひどいほうが本性だったんだ。この先も改心なんてするものか。怪しいと思ったら即行動だ。他に方法はない」

じいさんの言葉に、かあさんが唇を嚙む。

「だけどあの人が犯人なら、電話なんてかけてこないんじゃない？」

「捜査状況が知りたかったんじゃないか？　目撃情報を求めてるってニュースでも言っていたから、犯人が誰かわかっていないと思ったのだろう。だいたい、ネットで知った、とはなんだ。じいさんの名前はネットには出たが、探そうと思って見にいかなきゃわかるはずもない。じいさんの情報を、なぜ調べる必要がある」

じいさんが、オレのふりをしながら持論を展開する。

「オレが駐輪場にいた理由、……覚えてないけど、誰かに呼びだされたんじゃないかと思う。それが、あいつかも」

オレも、もしかしたらと思っていたことを言う。じいさんが、自分が自転車置き場のほうにいたのは変だ、と言ってたからだ。じいさんが誰かとそこで会う約束をしてたなら、いた理由になる。

「よし。かあさん、あいつを呼べ。俺が締め上げてやる」

「はああ？」

じいさんの発言に、かあさんとオレの声が重なった。

「なに考えてるの、航。ダメよ。許しません」

「あいつに直接、訊くの？　正直に言うわけない」

　オレがそう言うと、じいさんは首を横に振った。

「訊いてみなきゃわからないぞ」

「やめて。航は小さくて覚えていないかもしれないけど、あなた、あの人に対して話せなくなってたのよ。すぐ怒鳴るから怖がってしまって。あの人、それに苛立っていっそうエスカレートして、最後には煙草の火を……。見過ごしてしまったわたしが悪い、それは本当に申し訳ないと思ってる。だけど、だからこそまた、航が喋れなくなったら」

「俺はもう大人だ。暴力には屈しない。あいつの思い通りになどならないと見せつける必要がある。邪魔者はじいさんだけじゃないってな」

　こらジジイ、勝手に代弁するな。もちろんオレだって、あいつの思い通りになんてなってやらないけど。

「バカ言わないで。もしも本当にあの人が犯人なら、航のことだって刺すかもしれない」

「自分の子供をか」

　オレが訊ねると、かあさんは怖い顔をした。

「三歳の子に煙草を押しつけた人よ？」

「好都合だ。今度こそ捕まえてやる」

じいさんがふてぶてしく笑う。オレってこんな表情するんだ。いやいや、刺されるのは困る。好都合じゃないって。

8 章吾

翌日、真知子に山中を呼びださせた場所は、とあるファストフードカフェだった。世間一般の夕食どきの七時、店は賑わっている。

山中は十数年前と同じような眼鏡をかけて、スーツを着ていた。くたびれたスーツだが真面目そうなサラリーマンに見える。だからあのころ、俺も騙された。物腰も柔らかで、娘を託すに相応しい、優しい男だと感じたのだ。

真知子はひとり、緊張した面持ちで山中と向かい合っていた。山中は、真知子しか来ていないと思っているようすだ。

俺はニットキャップを被って包帯とネットを隠し、斜め隣の席に陣取った。さらに変装を重ねるべく、伊達眼鏡もかける。最初に作った老眼鏡だ。航の目では焦点が合わないのでレンズを抜いた。

「大変な目に遭（あ）ったんだね、お義父さんは。まだ入院中？　無職ともあったけど、仕事辞めたんだ。航も怪我をしたって？」

同情を装うように眉尻を下げ、山中がコーヒーを飲む。

「航を呼び捨てにしないで」

「いいじゃないの。まあそういうわけで、きみを慰（なぐさ）めようと電話したんだよ」

山中が、右手で軽くテーブルを叩く。

そうだ、こいつは右利きだった。俺は背後から右の脇腹を刺され、さらに右側の後頭部を殴られたという。犯人は右利きのはずだ。条件がひとつ合致した。

「話があります」

「なに？　怖い顔をしたきみも綺麗だね。昔と変わらない」

山中の薄ら笑いに反吐（へど）がでそうだ。

「三日前の夜十時四十分ごろ、あなたはどこにいたんですか」

ええー？　と言葉とも笑い声ともつかないものを、山中が発する。

「それもしかして、お義父さんを襲ったのが僕だって言ってるの？」

「質問に答えてください」

丁寧な口調。真知子が怒っていることは、山中にも伝わっているはずだ。

「もしそうだったらどうする？　動機は、そうだね、きみと航を取り戻したいからかな」

「ふざけたこと言ってんじゃねえよ」

俺が斜め隣から差し挟んだ声は、荒くはなかっただろう。しかし小声でも、一瞬で周囲の客が静かになった。視線が集まってくるのを感じる。

入り口からこちらへ走ってやってくるふたり分、さらに視線が増えた。よし、来たな。

俺は勿体をつけて、山中を睨む。

「……きみは？」

「航だ。おまえがじいさんを刺したんだな？」

硬くなっていた山中の顔が、ほっと和らいだ。

「航？　いやあ、見違えたよ。大きくなったなあ。おとうさんだよ」

「そう思ってるのはおまえだけだ。いつどうやってじいさんを呼びだしたんだ」

「真知子も航も落ち着きなさい。さっきの動機ってのは、もちろん冗談だよ。取り戻したい気持ちは本当だけどね。ただ僕はやってないし、やった証拠もないだろ」

「証拠はある」

俺は軽くほほえんだ。

「え？」

「さっきおまえは『航も怪我をした』と、言った。じいさんの件はニュースになった。ネットで名前も知れただろう。だが俺のことはまったくニュースになっていない。とある事情で伏せられたんだよ。なのになぜ知っているんだ？」

　増えた視線の持ち主のふたりが、表情を引き締めている。

「おまえはあの場にいたんじゃないのか？　俺の頭に自転車がスライドしてきたのも見ていた。だから知っている」

「知らない知らない。調べたんだよ。心配だったから」

「なんの心配だ？　自分がやったことがばれてないかってか？　だいたい、じいさんになんの興味がある。どうしてネットまで使って調べてんだよ。ああ？」

　俺はわざとらしく身体を近づけた。山中の顔が歪み、赤らむ。

「親に向かってなんだその口の利き方はっ！」

　俺の頰が鳴った。客の間から、息を呑む音が聞こえる。

　なおも摑みかかろうとする山中の手を、誰かが押さえた。走ってやってきたふたり、刑事の右田と阿左だ。手を押さえたのは阿左のほう。右田が正面に回り込んで言う。

「乱暴はよしましょう」

「なんだおまえらは」

「警察です。ちょうど近くに来ておりまして、三人のお話が聞こえてきました。なかなか興味深い内容ですね。少しお時間、いただけますか？　あなた、ええっと」

「山中亮人。元夫です。……父を恨んでいる人間がいるとしたら、彼ぐらいです」

真知子が答えた。

山中の顔が、こんなにもと思うほど真っ赤になる。

「おまえら、はめたな！　ふざけやがって」

「お静かに。他にお客がいますよ。なによりここは——」

阿左の言葉の途中で、山中が被せる。

「僕にはアリバイがあります！　航の怪我のことも調べて知っただけ。ＳＮＳを見たんですよ」

「ＳＮＳとはなんのことです？」

「お義父さんの事件の現場写真、ブルーシートなどがアップされていたので、家族情報もそれにくっついて載っていないかと思ったんです。そこにはなかったけれど、いろいろと検索したらこの辺りにある高校の掲示板らしきところに、うちの学校の生徒の家族だとか、本人も怪我で休んだとかあって」

「嘘をつけ。さっき、航……俺の顔を見ても気づかなかったじゃないか」

「おまえの写真は載ってなかったから、わからなかっただけだよ。写真、探してたんだけどなあ」

「どうして写真を？」

右田が訊ねる。

「そりゃあ、自分の子供がどう成長したか、見たいじゃないですか。……そう、そう子供。そうなんです。だからこれは、ただの親子喧嘩です」

「違う。騙されちゃダメだ」

車椅子に乗った航——俺の姿をした航が言った。

ここは、病院併設のファストフードカフェだ。午後六時という病院の早い夕食のあと、面会の客とコーヒーを飲みにくる患者で賑わう。それらの客たちに、航は紛れていた。

「あんた、三歳のころのオレ……いや、航のままだと思ってるんだろ。顔を確かめておいて、当時みたいに脅すとか、誘拐とか、やろうとしたんじゃないのか？　じい……オレのことも、つけいる隙、探してた」

山中が首を何度も横に振る。

「お義父さんのことを知ったのは偶然ですよ。ネットサーフィンってわかります？」

「偶然？　違う。目当てはオレの退職金だ。一ヵ月ほど前、オレの勤めていた会社の工場で大規模なリストラがあって、ニュースにもなった。年齢的にオレも対象者だと、思ったんだろ。真知子によると、おまえからメールが来たの、そのころからだという。ギャンブル、相変わらずはまってるんだろ。実の父親が死んで、尻拭(しりぬぐ)いをする人間がいなくなって、代わりが、必要になったんだな」

航は、俺が教えたとおりに喋った。よし。単語じゃなくてもまあまあ話せるじゃないか。それにしても山中の奴、ネットサーフィンはわかるかだと？　失敬な。

「バカ言わないでください。事件の日のアリバイだってある。ねえ、刑事さん、離して」

「お話は署でゆっくり伺いますので」

右田が答える。阿左が俺のそばによってきた。笑ってみせる。

「刑事さん。みっちり絞り上げてください。二度とうちの家族に近づかないように」

「絞り上げたいのは航くん、きみもだ。なにが、『犯人から接触があったので今から病院のカフェで会います。来てください』だ。警察をなんだと思っている。きみも一緒に来るかね？」

阿左は睨んできた。

「いいけど、なら、こっちもマスコミにぶちまけますよ。俺がどうして怪我をしたのか。おたがいさまだ」

阿左が不快そうに舌を鳴らした。右田は腹いせのように乱暴に山中を小突く。ふたりは肩をいからせながら、山中を連れて去っていった。

「航。警察まで刺激して、どういうつもり」

真知子に呆れられた。

「刺激なんてしていない。あの人たちだって上から言われたから口封じをしているだけって、そのくらいわかってるさ。けど、黙って言いなりになるのはむかつくじゃないか」

「そうだよ。だいたい、自転車でも、酒を飲んで乗るなら、飲酒運転だろ？　法律違反だ。深夜の外出よりずっと悪質だって、かあ……真知子だって、怒ってたじゃないか」

航が言う。

それだ！　航、おまえ、でかした！

「飲むためだ！」

俺の言葉に、「え？」とふたりが見てくる。

「俺……じいさんが、スクーターを家に置いていった理由だ。待ち合わせ場所は駐輪場だが、飲むかもしれないから徒歩で出かけた。なんだ、そういうことか！」

「……てことは、つまり」

航が首をひねっている。

高揚した気分が、するするとしぼんでいった。つまり山中は、ハズレってことだ。

「呼びだしたのはあいつじゃないな。あいつなんかと、酒を飲みたいと思うわけがない」

後日、警察から連絡があった。山中にはたしかにアリバイがあったという。怖い金貸しのお兄さんに、返済を迫られていたというアリバイが。そのため、山中は容疑者から外された。

俺のスマホのデータは、まだ復元できていないらしい。あの日着ていた服、野球帽や航のジャージももうしばらく預かりたいそうだ。血まみれだったり穴が開いていたりで、どうせ捨てるしかないものだが。

「おじいちゃんに新しいの買わせようか。あの日喧嘩してたから、航に意地悪したかったのかもね」

真知子が、俺を俺と知らず、薄情なことを言う。

「意地悪とは違うと思うな」

身につけた航の服を眺めながら、俺は思いだした。

あの野球帽は、ストリートやアメカジ系に合わせるのだと、真知子は言っていた。さらにストリートファッションについて説明してくれた。大きなTシャツやジャージに腰パンと。

俺は航のタンスから、ジャージを借りていったのだ。似合うことを、証明したかったのかもしれない。

俺は、誰に見せようとしたのだろうか。

第二話・鷹代章吾は喜悦する

1　章吾 vs. 航

　鷹代章吾は最高の朝を迎えていた。

　俺のまどろみは、目覚まし時計によって破られた。シーツの下を覗き、ほくそ笑む。富士山にも似たつんと美しい隆起が、パジャマの上からよくわかる。

　若いって、すばらしい！

「航、いつまで寝てる気？」

　突然、部屋の扉が開いた。真知子が声をかけてくる。

「お、おい！　勝手に入るな。親の、息子の、プライバシーをなんと心得る」

真知子は俺の娘だが、同時に、今の俺の姿である航の母親だ。つい混乱する。

「さっさとごはん食べて。そしてさっさと出かける。今日から学校でしょ？　担任の先生にも、ご心配をかけましたって挨拶してくること」

真知子はこちらの戸惑いなど気にも留めず、扉を開け放したまま階段を下りていった。現実に引き戻され、諦めてベッドを出た。……現実。これは本当に現実なのだろうか。部屋のフックに高校の制服がかけられている。半袖シャツに紺色と灰色のチェックのズボン。俺はズボンと呼ぶが、航はパンツだと主張する。では下着はなんと言えばいいのだ。

男子の部屋とて鏡はある。航がどこかでもらってきた写真立てのような卓上ミラー。何度映してみても、そこにあるのは航の、孫の顔。

本当の俺は、六十三歳だ。襲われて負傷し、入院している。犯人はまだ捕まっておらず、誰なのかもわからない。そのときの記憶がないのだ。倒れていた俺に駆け寄った航も、馬鹿な酔っ払いのせいで頭に怪我をした。

そして意識が、入れ替わってしまった。

鷹代航は朝からうんざりしていた。

ファストフードカフェでの捕り物劇の翌日、順調に回復していると言われ、オレは四人部屋に移された。だが隣のベッドにいる患者のいびきがうるさく、その夜、つまり昨夜はろくに眠れなかった。横になってじっとしていると、つい小便に行きたくなる。朝は六時から検温、血圧測定に採血。二度寝もできやしない。

ジジイは、やっかいだ。

「おはようございます。お食事です。食前の薬があれば飲んでくださいね」

配膳係の女性が同じセリフを繰り返し、ベッドを回っていく。

こんな食事の量で足りるか。出されたトレイにそう思うけど、食べ終わるころには腹がいっぱいだ。オレ自身は周りと比べると小食だし、じいさんも割と食うように見えたのに。

食事が終わると、もう暇だ。頼んで持ってきてもらったコミックスは読み終えた。投稿用の漫画を描こうにも、じいさんの手ではうまく描けない。せめてプロットでも立てるかと新しいノートを買ってはみたが、検査やリハビリでベッドを空けるときに、覗かれないか不安になった。

そしてなにより、着替えのたびに落ち込む。

この腹はなんだ。たるたるじゃないか。ジム通いをしてるってのは嘘か？　筋肉がついたと自画自賛してなかったか。そりゃ、クラス担任の工藤先生のように突き出た腹じゃない。だけど持ち上げて離すと、表面がずるりと下がるんだぞ。まじか。

スマホに通知があった。

オレの、というべきか、じいさんの、というべきか。目の前にあるスマホは新品だ。

オレのスマホは壊れていない。だがじいさんのスマホは壊れ、事件に関するデータを調べるために警察が持っていってしまった。

さて、ここで問題です。残ったスマホは、どちらの持ち物になる？

自分のスマホだと、オレは主張した。当然だろ？　だが今オレは、じいさんの姿をしている。一方じいさんは、「スマホは人物とセットである」と言う。電話もメールも鷹代航宛てにやってくる。鷹代章吾としての対応が求められるおまえになにができる、と。

泣く泣くいくつものアプリを端末から消して、自分のスマホをじいさんに渡した。かあさんに頼んで、新しいスマホを買ってきてもらった。

通話許可エリアに移動して、折り返しの電話をかける。相手はじいさんだ。

「今日から学校に行く。注意点を聞いておこうと思ってな。わからないことがあったら都度ＬＩＮＥでメッセージを送るから、まめにチェックしろよ」

屈託もなにもない口調に、イラっとする。

ＬＩＮＥは、アカウントを削除し作り直した。オレの交友関係はもともとシンプルだ。自分の姿に戻るまで連絡は絶ったほうが無難だろうと、必要なものだけスクリーンショットでデータにしておいた。

「あまり喋るな。オレ、割と無口」

「なんだよ、航。声が淀んでるぞ。俺は雄弁なんだ。俺のふりをするならもっと明るく！　あー、軽く！　ライト！　もっと光を！」

能天気ジジイがさらに能天気だ。

「だから黙ってろって。そんなに喋ると疑われる」

のちに四百万円もする皿を盗ったと疑いをかけられ、章吾は思いだす。自分がお喋りだったからか、それとも――

2　章吾

「心配かけたな、みんなっ。俺は元気だぜ！」

授業の前のショートホームルームで、両手を突き上げて叫んだ。しかし誰も反応しない。静けさの漂う中、副担任だという奥山（おくやま）なる若い女性が、早く席につくよう急（せ）かしてきた。

　そのまま奥山の担当する日本史の授業に入る。これが高校生の教科書か？　カラーで、サイズも大きい。真知子が高校生のときはどんなだっただろう。そのころはもう、妻の温子は死んでいた。交通事故で突然命を奪われたのだ。今から二十八年前、平成になったばかりの年で、真知子は中学生だった。真知子の高校入学に関する雑事は俺がやったはずだが、忙しかったことしか覚えていない。

　過去を旅していた俺に、誰かが話しかけてくる。

「鷹代くん。次を読んでくれるかな」

　力のない声が教壇（きょうだん）から聞こえてきた。しまった。クラスメイトは江戸時代を旅している。

「聞いていなかったの？」

「大変申し訳ありませんっ！」

　直立して謝ると、周囲がどよめいた。

「ではわたしが読みます。ちゃんと聞いていてください」

小声で話すざわめきがしばらく続いていたが、奥山はどのページかを伝えて、読みだす。

叱らないのか？　私語を交わす生徒や、聞いていなかった俺を。なるほど最近は、下手に叱るとモンスターペアレントが怒鳴りこんでくるというが、そのせいか。

二時限目、三時限目、と授業は問題なく進んだが、休み時間になっても誰も話しかけてこない。週末を挟んだおかげで航が休んだのはほんの二日だが、一応、入院したんだぞ。ましてや家族が新聞に載るような事件に巻きこまれただなんて、高校生なら誰でも興味を持ちそうなのに。

昼休みのチャイムが鳴った。弁当を取りだすと、ひょろっとした男子生徒が目の前に立った。昼はこいつと食うのかなと、笑いかけてみる。航からは、昼は自分の席で食べる、ひとりで本を読んでいる、と聞いていたが。

「鷹代くんの机と椅子、いつもみたいに借りたいんだけど」

後ろ、そして隣とその後ろで、男女混合の机の島が作られようとしていた。――およびでない、こりゃまた失礼いたしました。と、昔の流行り言葉が頭をよぎる。

では航は普段どこで昼食を、と目の前の男子生徒にそのことを問うと、漫研の部室だろ？　と不思議そうな顔をされた。場所を訊ねると、眉まで顰めている。

「頭を打ったせいで、たまに混乱するんだよね」

ごまかさねばとそう答えると、相手ははなはだ真面目な顔になった。

「そうだったんだ。今日、鷹代くん、妙だしね。ハイテンション、っていうか」

お大事に、とまで言われた。航は普段、よほどおとなしかったと見える。周囲の反応が変だったのは、俺のようすを不審がっていたからか。

漫研の部室は、特別教室B棟の空き教室だという。懇切丁寧な説明を受けて進んだ先で、ああ、と思わず声が出た。

ここは、俺が学んだ校舎だ。

航は、俺と同じ高校に進んだ。教室に見覚えがなかったので建て替えたのかと思っていたが、古い校舎も残してあるようだ。一階の半分をコンピューター教室にし、残りを書庫という名の閉架図書館、二階と三階を部室スペースとして利用しているらしい。

懐かしいと思いながら、二階、二〇八教室に向かう。俺自身は、部活動の教室、美術室で昼飯を食っていた。油絵の具のにおいが漂う中で。

二〇八教室——漫研の部室には四人の男子生徒がいた。その中のひとりが寄ってくる。

「もうだいじょうぶなのか、鷹代。心配したぜ」

いいねえ。こうでなきゃ。俺はガッツポーズを決めた。

「体調万全！　復活したぜ！」

　しまった、つい身体が動いた。航の行動としては派手か。相手は一瞬、表情が止まったが、笑顔を見せてきた。別の生徒も話しかけてくる。

「駅の駐輪場で起きた事件の被害者、鷹代先輩のお祖父さんだって話だけど、まじすか」

「まじまじ、だ。あれは俺のじいさんだ」

「鷹代も同じ日に怪我をしたのか？　おまえんち、なんかに取り憑かれてるんじゃね？」

「馬鹿を言うな。けどいろいろあってさ。言えない事情、捜査上の秘密ってものがな」

　悔しい話だが、口に出すとなぜか得意気になってしまう。航に怪我をさせた酔っ払いは、警察か政治家の関係者なのか、事故自体を伏せたいようだ。俺の事件に関係がないのなら、金で解決してやってもいい。

　ところで、この生徒たちは誰だ。

　ヒントはまず、上履き靴の甲の色だ。航と同じ赤がふたり。同学年、二年生だろう。残りのふたりは青。さっき、鷹代先輩、と話しかけてきたから彼らは一年生だ。

「等々力先輩、例の件……」

　一年生のひとりが、最初に口を開いた男子に声をかけた。等々力ね。どこかで聞いたような名前だ。航が話題にしたことがあっただろうか。まあいい。この調子で喋らせていこう。

「怪我したのってあの日の夜だろ。話が途中になっちゃったけど、覚えてるかな」

等々力の言葉に、もうひとりの二年生が被せてくる。

「小宮も賛成してる。今は忙しいけどあとで加わるって、鷹代も聞いたよな？」

小宮という部員はこの場にいないわけだな。よし合わせていくか。

「うん、俺も賛成だ」

すかさずうなずくと、等々力ともうひとりが口を半開きにしたまま固まった。目をしばたたいたあと、等々力が慌てたようすでノートを出してくる。

「食いながらでいいよな？　誰描く？」

「誰、描く？　とはなんだ？」

「キャラだよ、キャラ。合作漫画の、どのキャラクターを描くか」

「合作漫画？」

「このキャラなんてどうかな。絡みが少ないから負担感もないんじゃない？」

もうひとりの二年生が口を挟んでくる。

なんの話をしているのだろう。いいか、あとで航に訊ねれば。

3　航

「なに考えてんだ、このバカ！」

四人部屋だということも忘れて、オレは叫んだ。

「馬鹿とはなんだ馬鹿とは。親に、いや、親の親に向かって」

「今はこっちが親の親だ」

学校帰りに病院に来たじいさんと睨み合う。カーテンの向こうから咳ばらいが聞こえた。ふん。おまえらのいびきのほうがうるさいんだよ。

「表に出ろや。じゃなく、外に行こうぜ」

じいさんが誘ってくる。浮ついた言い方がなお気に入らない。

同じ階にある入院患者用の談話室に向かった。一階にファストフードカフェもあるけど、一昨日大騒ぎをしたばかりなので入りづらい。

「逃げてたの、オレは。漫研の連中から」

「航が説明しなかったんじゃないか。昼飯を食う場所も嘘をついたな」

「接触させる気、なかったから。なら説明、必要ないじゃん。合作、超めんどいんだって。たとえば手と手、つなぐとするよな。右の手をオレ、左の手をじいさんが描くわけ。やりづらいし、時間かかる」

「なんとかなるだろう」

「ならないっ。だいたいじいさん、漫画、描けないだろ」

「描けるぞ。午後の授業中に描いてみた。見てみろ」

じいさんが通学鞄からノートを取りだしている。授業中に遊ぶなよ。オレには勉強しろ勉強しろって言うくせに。

どうだとばかりに広げてきたノートに描かれているのは、女性の全身像だった。

オレは心底驚いた。

まじかよ、上手いじゃないか。しかし写実的すぎだ。劇画タッチというか。

「俺は美術部だったんだぞ。久しぶりに描いたから肩が凝った。ほら、他のも見てみろよ」

じいさんがページをめくっていく。女性の次は男性。骨格の違いまできちんと描き分けている。どっかで見た、ダ・ヴィンチの素描みたい。

「上手いけど、違いすぎ。オレが描くの、こういうの」

オレは同じページに絵を描いた。もっと顔が丸く、目が大きい女の子だが、やっぱり今までのようには描けない。――そうか、理由がわかった。脳は描けと指令を出すが、神経や筋肉が衰えているんだ。じいさんが描いた絵が上手いのも、じいさんだけの腕じゃない。オレの神経や筋肉のおかげだ。

「落ちそうな目だな」

じいさんが軽く言う。

「そのくさし方、古すぎ。ともかくそれ、オレの絵じゃない。不審に思われる」

「航の絵に近づけてやるよ。今までに描いた漫画はどこにあるんだ」

「しなくていい。とにかく断れ。元に戻ったって、オレ、やんない」

「そんな薄情なことを言ってやるなよ」

薄情だと？

「がんばってるぞ、あの子たち。部がなくならないようにと必死だ。航もさっき言っていたが、手をつなぐところなどの人と人が絡むシーンも、描きづらいから少なくするそうだ」

「それじゃ、人が突っ立ってるだけ。誰も評価しない」

「こんな話らしいぞ」

じいさんがコピー用紙を渡してくる。キャラクター設定に等々力が描いたラフ、物語のさわりと、ネームが載っていた。ネームとは、紙に漫画のコマを割り、その中にセリフや簡略化した絵を描いて、概要を他人と共有するためのものだ。

でもこれ、五ページしかないじゃん。

「続きは？」

「考え中だそうだ」

頭がくらくらする。そういえば等々力の漫画を、最後まで読んだことがない。去年の部誌に描いていたのも十ページほどの異世界転生もので、ラストは「続く」だった。

「この話、聞いてる。等々力、入れ替わりもの、描きたいって言ってたし。でもこれ、男女が入れ替わりに気づいて驚いている、ってそこまでじゃん。冒頭だ」

「完成させなきゃいけないのか？」

「は？　エンドマークつけずにどうすんの。部誌にして、文化祭で売るのに。締切は文化祭じゃなく、部誌を印刷に出す日。それで合作？　どだい等々力の計画、無理ばっか」

「だけど部活動だろう？　参加することに意義があるんじゃないのか？」

「なに甘えたことを。等々力がそう言ったわけ？」

「じゃあ航に訊くが、おまえはなぜ漫研に所属しているんだ？」

「漫画描くの、好きだから。決まってる」

「それだけなら漫研など入らず、ひとりで描けばいい。せっかくみんなで集まっているんだ。他の子と協力し合おうとは考えないのか？」

オレは家でも描いている。完成させ、雑誌へも投稿している。日常もの、バトルものにスポーツもの、ちょっとファンタジー、どのジャンルが合うかわからないから、順番に描いて試している。まだまだ「もう一息」にさえ引っかからないけど、叶うなら漫画家になってみたい。憧れの職業だ。どこかの部に入れと言われ、団体行動が嫌だから漫研に入ったのだ。もしかしたらライバルといった存在に出会えるかもしれないとも思った。期待外れだったけど。

等々力は口だけ、佐川は腰ぎんちゃく。唯一こいつの絵は上手いと認める小宮は寡作で、美術部に入り浸って幽霊部員状態。女子の漫画は、オレにはよくわからない。BLとかいうジャンルだ。二次創作も多い。

「部活動は社会性を身につけるためにもあるんじゃないのか？　俺は自分のことだけでなく、他の人のことも考えるようにしてきた。だから俺は、若い連中からの信頼が篤かった。今どきの職場には、定年後に再雇用された俺みたいな奴に、派遣社員、正社員と、いろんな立場の人間がいる。俺は彼らを上手につないでまとめる調整役を担っていた。ま、ムードメーカーといったところだな」

自慢話にすり替えるな。説教ジジイが。

「オレがじいさんと漫研の連中、接触させたくなかった理由、もうひとつある。じいさんを襲った犯人、じいさんじゃなく、オレ狙ったんじゃない？」

「どういうことだ？」

「じいさん、オレのキャップとジャージ、着てたろ。オレと間違えたんだ。犯人は背後から刺し、殴った、って話だよな。じいさんの顔、確かめなかったかも」

「なるほど。可能性はあるな」

「あのキャップ、最近ネットで話題だ。オレ、この夏いつも被ってたから、オレと結びつけて覚えているヤツ、多いはず。ジャージも一昨年から着てる」

「しかし一体誰が、航があの駐輪場にいると思うんだ？　普段は学校の駐輪場を利用してるんだろ。あの日はたまたま駅に行ったんだよな？」

思った通りの答えが返ってきて、オレは大きくうなずく。

「それ！　オレが、あそこに自転車停めたって知ってるの、漫研の連中だけ」

じいさんが、目を丸くしていた。

「オレ、合作のことで揉めてた。絶対にやりたくないって言って、逃げた。で、ムカついた誰かがオレを刺した。それがオレの推理」

「被害妄想が過ぎるぞ。そんな理由で人を刺すか？　なによりあの日、航は制服だったじゃないか。俺はおまえの服を着て退院したんだからな」

「オレもそこ、引っかかってた。でもあの日オレ、漫研の連中から逃げて、時間稼ぎで隠れてた。その間に家に戻って着替え、自転車取りに来たって思われた、とかじゃない？」

「服の違いについては、まあ、あり得るかもしれない。だがその動機はやっぱり変だぞ」

「合作関係なく、オレが気づいてない動機、持ってるヤツがいる。それなら？」

うーん、とじいさんが考え込んでいる。オレは畳みかけた。

「漫研には近づくな。いいな？」

「約束しちまったんだよなあ。今度の土日、その等々力っていう子の家に一泊して、合作を進めようって」

「冗談じゃない！　行くな。等々力に毒される。怠惰というダークサイドに堕ちる。なによりあいつも、犯人候補だ」

「なぜそんなに彼に反発するんだ？」

なぜ？　あいつがなにかと偉そうだからか？　オレより描けないくせに部長づらをしているせいか？　いや違う。きっとあいつが幸せだからだ。金持ちの家に生まれて、恵まれた環境で過ごしているからだ。たしかあいつ、液晶ペンタブレットとかのデジタルで描く道具を持ってたはずだ。高品質マーカー、コピックも全色揃えている。

その上、今のこの、絵が描けない状態。オレは元に戻れるのか？　くそっ。

「どうしても行くなら、オレ、連れていけ。退院する！」

4　章吾

航の決意は固く、金曜日に無理やり退院してきたものの、真知子のほうが強かった。

冗談じゃありません！　倒れたらどうするつもりですか！　孫の友だちの家になんの用があるんです！　と丁寧な口調で一晩中騒いでいた。

悪いな航。今回おまえの活躍の場はない。

俺は単身、いや漫研の佐川、三浦、古田とともに等々力の家に乗り込んだ。正確には、駅で徳永（とくなが）という女性の車に拾ってもらった。徳永は俺と同世代で六十歳前後、数年前から通いで等々力家の家政婦をしているという。

豪邸とはこういう家のことなのか、とまず驚いた。玄関ホールは吹き抜けで八畳ほど。洋風の造りで、正面に弧（こ）を描く階段があり、ポール状の柵の先、二階の廊下が奥へと続いているようだ。等々力の部屋は二階だというのでそのまま向かうのかと思えば、まずは一階、玄関ホールのすぐそばのダイニングで飲み物が振るまわれた。長方形のテーブルは向かい合う両側にそれぞれ五席あり、もう一方の端と端にも一席ずつの計十二席。の割に小さな台所だと思えばバーカウンターで、台所、いやメインキッチンは別らしい。それでもカウンターの向こうには冷蔵庫と電子レンジまであった。頭上にシャンデリア、床はフローリングだが、コレクションボードの前にはペルシャ絨毯（じゅうたん）。ボードはふたつあり、縦長の一方にはバカラのグラス——しかわからなかったが、その他高そうなガラス製品や陶磁器が並ぶ。やや背の低い、といっても百二十センチほどの横長のもう一方にはウィスキーやブランデーがずらり。ボードの上に、花模様の絵柄を見せた大きな皿と、色鮮やかな壺（つぼ）のふたつが飾られている。

「高そうな壺ですねえ」

三浦がぽかんと口を開けている。

「右が古伊万里（こいまり）の壺、三百万円だったかな。左は古九谷（こくたに）の皿、四百万」

ひええ、と声を上げる一同に、等々力は苦笑しながら、首を横に振った。

「たいしたものじゃない。今みたいなこけおどしのためだよ」

さすがは等々力電機（とどろきでんき）の社長宅、と俺はこっそりため息をつく。等々力という名前に聞き覚えがあると思えば、俺が勤めていた部品工場の取引先だった。そこへの納品がなくなったのがリストラの主な原因だ。子供の等々力には関係ない話だが、複雑な気持ちは消し去れない。辞めるはめになった定年再雇用組と派遣社員だけでなく、残った連中も苦労しているだろう。

等々力の部屋に移動した。勉強机、パソコン用の机があり、さらに楕円の大きな机と人数分の椅子を、作業のために持ってきたそうだ。それだけのものが入るこの部屋の大きさも見当がつかない。感嘆の声が収まるやいなや、「さあ描こうぜ」と等々力が音頭を取る。

「僕らが人物を仕上げ、小宮に渡して背景を入れ、効果、ベタ、トーンという流れだ」

効果、ベタ、トーンとはなんだ？　しかし今、確かめるべきはそれではない。

「五ページしかネームができてないんだろ？　残りはどうするんだ」

「十ページできている。あとは『続く』でいい」

俺の質問に、等々力が笑顔で答える。

「話の結末は？」

「来年、今の一年生と新しい入部者が引き継ぐ。合作をしたという実績と、物語が来年に続いているという理由で、廃部を阻止するつもりだ」

「ラストまで描かないのはわざとか？」

ああ、と等々力が胸を張る。やれやれ。航の危惧通り、彼は残りの展開を考えていないのだろう。しかし目的が共同作業にあるなら、かまわないか。航と違って、俺は大人だ。

「鷹代先輩、休んでいる間に絵の練習してたんですか？　すごく上手くなったっすね」

古田が、俺の描いてきたラフ画を見て言う。等々力が、古田の大柄な――はっきり言うと太めの身体を、おい、と小突いた。

「その言い方、微妙に上からで失礼。けど鷹代、まじ、デッサンやりこんだって感じだな。画風も変えたか？」

航のベッドの下に、原稿は隠されていた。俺はスケッチを重ねて、航の絵に近づけていった。多少は目も大きくすることができただろう。エロい雑誌も隠されていたが、そこは武士の情け、丁重に元に戻しておいた。もう少し色気のある女性のほうが、俺は好みだ。

「試行錯誤中なんだ。今回はこれで行く。一気に描くならブレもないだろう」

「漫画家さんだって、何年も連載してると別の絵になってたりしますもんね」

三浦も言う。なんだそういうものか。ならば俺が描いても問題ないじゃないか。

昼食は宅配のピザだったが、夕食にはうなぎが出た。老舗(しにせ)の重箱を、徳永がそれぞれの席の前に置いていく。

「もう帰っていいよ。残りは僕たちで片づけるから。明日は朝が早いだろ」

　等々力が徳永に声をかける。徳永がおっとりとしたようすでうなずいた。

「ありがとうございます、純也ぼっちゃま」

　純也ぼっちゃま？　純也ぼっちゃま！　佐川がおうむ返しにしたのをきっかけに、三浦も古田も騒ぐ。俺も、ここは周囲に従っておこう。

「優しいなあ、純也ぼっちゃま」

「からかうなよ。徳永さんは、明日、朝四時半に来るんだよ。早く帰してあげたいじゃないか」

「四時半？　ハウスキーパーってそんなに忙しいんですか？」

　三浦が言う。家政婦ではなく、今どきはハウスキーパーというのかな。

「朝食に炊きたての土鍋の粥を食べたがる困った人間がいてな」

　等々力が表情を曇らせるも、徳永は笑顔で手を横に振る。

「美味しいですよ。生の米から炊いたお粥は。みなさんも楽しみにしていてくださいね」

　研いだあと三十分以上吸水させて、炊き上がるまでにさらに一時間だって、と佐川がスマホで検索をして、みなで驚いた。困った人間とは誰なのだろう。そういえば徳永以外の人間をこの家で見ていない。等々力によると、父親は忙しく不在がちで、今日も接待で伊豆に泊まっているという。

徳永が運んでいた重箱は、空いた席にも置かれていた。その隣に、小さなお椀も。

「おにいちゃーん」

突然、小さな赤い物体が扉を開けて転がり込んできた。さらに小さく茶色いものも。

「どうしてアン、ケージのお外にでてないの？」

三歳くらいの女児だった。赤いワンピースが似合っている。一緒にやってきたのは茶色のダックスフントだ。あわわ、と三浦が声を上げ、椅子に体育座りをする。

「ごめんごめん、犬が苦手な友だちがいるからだよ」

「えー？　かわいいよ。お兄さんなのにおかしい」

ほーら見て、とばかりに女児は犬を三浦に近づけている。等々力が猫なで声を出した。

「よそうね、菜子ちゃん」

「妹だっけ。かわいいよなー」

佐川が持ち上げる。航曰く、佐川は等々力の腰ぎんちゃくだそうだ。とはいえ菜子という少女は、俺が見てもかわいい。真知子にもあんなころがあったと思いだす。

「ごめんなさいね、騒々しくて」

痩せ気味だが綺麗な女性がやってくる。「母だ」と等々力が照れたような笑顔を作った。彼の母親にしてはずいぶん若い。母親は、おいで、と菜子を呼んだ。

「お部屋の外にアンを出して、お手々を洗ってごはんを食べましょう」

「アンと食べるー」

「ダメよ。叔母さまが一緒のときもダメでしょ」

はあい、と思ったより素直に、菜子がダックスフントとともに外へと消え、すぐ戻ってきてバーカウンターで手を洗った。

「純也がいつもお世話になっています。純也はわがままを言っていませんか？　強引なところがあるので心配しています」

母親が優雅に頭を下げてくる。いえいえとんでもないと、四人揃って首を横に振った。

「今日は菜子の習い事で外出していて、ご挨拶が遅れてすみません」

再びとんでもないとんでもないと、俺たち四人は姿勢を正し、焦ったように喋り出した。等々力先輩がリーダーシップを取ってくれるので助かります。お母さんお綺麗ですね。今日は文化祭の用意でお邪魔してます。えへへすごいごちそうですね。最後のセリフを言ったのは俺だ。呆れたような視線が集まってくる。——なんだよ、みんな思っていたくせに。

いただきまーす、と菜子が大声を上げた。促されるようにみなが手を合わせる。菜子は興奮気味に、ピアノの話やバレエの話を途切れる間もなく喋っていた。聴衆がいるのが嬉しいようだ。

菜子が、朝食に粥を食べたがる困った人間なのだろうか。その割に等々力は、でれでれとかわいがっているが。

食事を済ませ、等々力の部屋に戻った。交代での入浴を挟みつつひたすら絵を描く。黙っていては眠くなるので話もした。漫画の話、映画の話、音楽の話、学校の話。内容がわからないので聞き役に徹した。航は無口だというから、怪しまれることはないだろう。四十数年前、俺も部室で、帰り道で、同じように友人たちと尽きぬ話をした。懐かしい。

「え？　等々力先輩のお母さんって、本当のお母さんじゃないんですか？」

等々力の部屋にもコレクションボードがあり、三浦がそこに置かれた写真について訊ねたのが、話のきっかけだ。小学校入学時らしき等々力と一緒に写っているのは、先ほどの母親ではなかった。

「中学に上がる直前に病気でね。そこにカップとか皿とかあるだろ」

と、等々力がコレクションボードに目を走らせる。プラモデルと人形――フィギュアと呼ぶらしい――とともに、不揃いの陶器や、なにやら細かなものがいくつか飾られていた。

「それ全部、母が作ったやつ。趣味の多い人でさ、陶芸に彫金、レース編みに油絵。ダイニングのボードに置いてたんだけど、今の母——華絵さんに悪いような気がして、でもしまいこむのはなんか嫌で、僕の部屋に移したんだ。あ、母が持ってた昔の少女漫画も本棚にあるぞ。『ぼくの地球を守って』とか『ダークグリーン』とか。読みたい女子がいたら、貸してもいいって言っとこうかな」

男子が読んでももちろん面白い、転生がどう、世界観がどう、と等々力が熱く語りだした。俺の理解を超える内容だったので、聞いているふりをしながら等々力がもらいうけた品々を観察した。あるものを発見し、彼は母親のものを本当に大事にしているのだなと感じた。

それだけに訊いてみたいことがあった。

「再婚には反対しなかったのか？」

「よく訊かれるけど、母は母だし、今の母も今の母だ。いい人だってすぐわかったし、生まれた菜子もめっちゃかわいい。僕の理想の女の子に育てたいぐらいだよ」

「危ない危ない」

佐川が等々力をつついている。

真知子はどうだったのだろう。妻の温子が死んでからの俺は日々の暮らしに精一杯で、女性とつきあう余裕などなかった。だが職場で、後添えを紹介しようかと声がかかったことはある。真知子が嫌がるのではと断ったが、杞憂だっただろうか。新たな母親がいれば、そばに女性の厳しい目があれば、真知子はあの男と結婚しなかったかもしれない。俺にも別の人生があったんじゃないだろうか。

「どうしたんだ、鷹代。ぼんやりして」

「なんでもない。……いやー、等々力、おまえって大人だな」

なんだよいきなり、と眉を顰められた。いや立派だし、航と違ってしっかりしてるよ。

深夜十二時を過ぎた。あくびとため息が増えていく。

「今日のうちにもう少し進めておきたいけど、一気にやる？　それとも休憩入れようか」

等々力の提案に、休憩を、とみんなが手を挙げた。

玄関ホールに下りると、犬のケージが置かれていた。いつもは二階の廊下の突き当たりに置いているが、今日は三浦から遠ざけるため移したのだと等々力が説明した。それでも三浦は遠巻きに歩く。アンは寝ているし、檻の中なのだが。

「なにか飲む？　こんなものもあるんだぞ」

等々力が開けてみせた冷蔵庫に、ビールの瓶がずらりと並んでいた。佐川が派手に驚く。

「やばいやばい。等々力、飲めるの？」

「ちょっと吹いてみた。ごめん」

なーんだ、と全員からつっこみが入る。

「でも絵の参考になるよ。写真撮ろう。いや、こっちのほうがそれっぽいかな？」

コレクションボードに入ったウィスキーやブランデーの瓶に、等々力がスマホを向けた。佐川も従う。合作漫画で、主人公の双方の親が、息子と娘のようすを不審がって相談をするシーンがあるのだ。その場所が「お洒落なバー」だった。大人だからバーで相談、とはいきなりで単純だなと思ったが、発想の元はここか。

コーラやジュースを手にくつろいでいると、突然、なにかにぶつかる音、続いてきゃんきゃんと犬の鳴き声がした。うるさいと、女性の怒鳴り声も続く。等々力がため息とともに扉を開けて出ていった。なにごとかと、三浦以外がついていく。三浦はまた椅子の上で体育座りだ。

派手な服を着た、小柄な女性がいた。舌を鳴らし、犬のケージを蹴った。……蹴った？

「ええっ？」

つい、声が出てしまった。女性が振り向く。アンが高い声で辛そうに鳴いている。

「なあに、あんたたちは」

百五十センチあるかないかといった身長だが、胸を張るようすに、みな、身を竦ませる。

「お姉さん。じゃなきゃ、京乃さんでしょ」

「叔母さん、彼らは僕の学校の友人です」

鋭く言い放つ京乃に、等々力が頭を下げる。京乃は、真知子と大差ない年頃に見えた。

「ここにこんなもの置いたの、華絵さん？　ぶつかったじゃないの。片づけさせなさい」

「僕です。友人の中に犬が嫌いなヤツがいるので、同じ階じゃ怖いだろうと」

「アタシも嫌いよ。眠りが浅いから鳴き声で起きちゃうのよ。うるさいじゃないの」

「ちょっかいを出さなければおとなしく寝てますよ」

アタシがちょっかいを出したとでも？　と、京乃は鼻を鳴らす。ゆらゆらと身体が揺れていた。酔っているようだ。

「子供もさっさと寝ることね」

京乃はダイニングに入ってきて、体育座りの三浦を訝しげに眺めたあと、バーカウンター向こうの冷蔵庫を開けた。ビールの瓶を二本、ペットボトルを一本取りだす。

「それ、持ってらっしゃい」

等々力に声をかけ、自分は最初から持っていた鞄だけを手に出ていった。すぐ戻る、と等々力が、盆にグラスも添えて追いかけていく。

言葉通りすぐに、等々力が戻ってきた。

「……恥ずかしいとこ、見せちゃったな。うちの叔母、三年ちょっと前、結婚に失敗して戻ってきてさ。ちょうど母さんたちが結婚したタイミングってこともあって、対抗意識なのかやたらトゲトゲしてるんだよなあ」

等々力の言葉に、みんな、なんと答えたらいいかわからないようだった。俺もわからない。言葉にならない返事をして、彼の部屋に戻った。

そのあと一時半過ぎまで粘って描いていたが、誰ともなく、そろそろ限界だと言いだした。ツインのベッドを備えたゲストルームがふたつあるというので、俺は佐川と、三浦は古田と組になる。どちら側のベッドを使うかと訊ねる間もなく、佐川は奥のベッドに突っ伏してしまった。寝息が聞こえる。まあいいか、と俺はトイレに立った。

しかしトイレの前にはスリッパが置かれ、水音がしている。

一階のダイニングの近くにもトイレがあったな、と階段を下りた。用を済ませて扉を開けると、赤ら顔の女が立っている。

化け物、と悲鳴を上げかけたら、女が睨んできた。京乃、——だった。さきほどと顔が違うのは、化粧を落としたからだろう。

「なんなのよぉ、あんた。文句でも？」

さっき以上に酔っている。からみ酒かよ。と思いながらも笑顔を作る。

「や、やあこんばんはです。遅くまで起きていらっしゃるんですね」

「はあ？」

「いや、ひ、人のことは言えませんね、寝ます。このへんでドロンします」

京乃は不審そうにしばらくこちらを眺めていたが、やがてトイレの扉の向こうに消えた。

5　章吾

誰かが悲鳴を上げている。

その声で目が覚めた。スマホを見ると、午前五時半だ。カーテンの向こうが明るい。佐川は昨夜の姿勢のまま、突っ伏している。まだいいか、と俺はもう一度布団にもぐった。

「鷹代、鷹代。悪いが起きてくれ」

等々力に揺り動かされて目を開けると、時刻が進んでいた。

「皿が消えた。古九谷の大皿だ。知らないか？」

「……古九谷の大皿？」

「一緒に捜してくれないか。コレクションボードの上に飾ってあったやつだ。さっき、徳永さんが消えていることに気づいたんだ」


ダイニングに、菜子を除く全員が揃った。佐川、三浦、古田。等々力と母親の華絵。そして京乃。徳永が、ワゴンに載せた土鍋から粥を掬っている。

「先に食べるわよ。遅くとも八時にはゴルフ場に着いてなきゃいけないから」

最後にやってきた京乃が、眠たげな目で言う。等々力はかまわず説明をはじめた。

「古九谷の皿のことだが、昨日の夜は確実にあったと思う」

「あったあった。自分、絵を描くためにブランデーとか撮ったし。みんなもだよな」

佐川がスマホを見せてくる。液晶画面の中、花々が描かれた皿が写っていた。赤を中心にして緑や黄と、流れるような筆で描かれた花は、三百六十度に均等な絵ではなく、左下に大きなものが配置されて、眺める方向が定められていた。等々力によると、サイズは直径四十センチほどだという。佐川が、「これ、十二時十五分の写真」と続けた。

「徳永さんが、皿がないことに気づいたのが朝の五時半。悲鳴を聞いて、僕は起きた。他にも聞こえたヤツ、いるかもしれないな。つまり昨夜十二時十五分から今朝五時半の、この五時間十五分の間になにかがあったんだ」

等々力が、給仕をする徳永を確かめながら言う。

「なあに？　探偵ごっこ？　盗難なら警察呼べばいいじゃない」

京乃が言う。もっともだ。しかし等々力は首を横に振る。

「警備システムのログを見た。玄関の開錠は京乃さんが帰ってきた十二時半、勝手口は徳永さんが来た四時半しかない。窓の鍵は全部かかっていたし、外からの侵入を試みようとしたらアラームが鳴って警備会社へ連絡が行く。答えは明白だよ。警察を呼ばれたら困る人、いるよね」

一年生のふたりが顔を見合わせ、さらに周囲を眺めまわす。みんな表情が硬い。

この中に犯人がいる。

等々力はそう言っているのだ。

緊張が漂う中、京乃が、ふふ、と笑った。

「犯人ねえ、アタシ、知ってるけど」

「えっ？」

驚く等々力に、ほら、と京乃は指をさした。

俺に向けて。

「夜中に見かけたわよ。一階に下りてきてた」

「ト、トイレに行っただけだ！　二階のトイレ、ふさがってたから」

「でも睨んだらべらべら喋って、顔もへらへらしてて、すごく怪しかった。人って、ごまかしたいことがあると雄弁になるわよね」

それはあんたを化け物と勘違いしたからだ、とはさすがに言えない。俺はもともとお喋りなんだ、とも言いたいが、本物の航は無口だ。どうすればいいんだ。

ただただ、違う、と手を横に振った。

「ほーら慌ててる」

「驚いただけだ。皿なんて盗りやしない。なんとか言ってくれよ、佐川。同じ部屋にいたおまえなら」

「完璧寝てた。わからない」

なんて奴だ！　佐川。

「なんでもし放題ってことね」

京乃が面白そうに笑っている。

誤解だ、やっていない、と弁明したが、京乃はどこふく風と、粥を味わっている。二日酔いの身体に優しい、リクエストした甲斐があったと言いながら。朝食に粥を食べたがった人間とは、やっぱりおまえか。

よく考えれば、航の身体に入ってから夜中にトイレに立つこともなくなった。なのについ習慣で、寝る前に出すだけ出しておこうと思ったのだ。あのまま眠っていればよかった。

梅干しに小女子煮（こうなご）、海苔（のり）や香（こう）の物が添えられた美味（うま）い粥だったが、俺は一瞬で平らげた。おかわりを、と持ちかけてくる徳永を制する。

「よし。疑うなら荷物を調べろよ。俺が持ってきたリュックサックを見ろ」

立ちあがったとたん、等々力が待ったと声をかけてくる。

「全員で、全員の荷物を確認しよう。京乃さんも含めて」

「どうしてアタシが？　欲しいって言えば、兄は、はいどうぞってくれるわよ。でもあんなババくさい皿、興味ない」

四百万円の皿を、はいどうぞと渡すわけがないだろうと思うが、他人の家族のことだ。本当なのか嘘なのかわからない。

京乃が食べ終わるのを待っていたが、珈琲（コーヒー）が欲しいの、デザートをつまみたいのと、なかなか腰を上げない。

「そもそも鷹代を疑ったのは、京乃さんでしょう」

等々力に急かされて、京乃はしぶしぶ立ちあがる。みんなで二階に移動した。

俺のリュックサックの中身が全員に晒された。当然皿など出てこないが、京乃は鼻で笑うのみ。部屋も、佐川の荷物も探索された。続いて三浦と古田が使った部屋。等々力の部屋も、机の引き出し、ベッドの下、クローゼットとあらためたが、どこからも見つからない。

「徳永は？　徳永が隠しておいて、それから悲鳴を上げて、ないないと騒いだんじゃない？　車で来てるんでしょ。確認したら？」

京乃が言う。等々力がうなずく。

「あとで見せてもらいます」

「あなたの部屋ももっとしっかり調べなさいな。……あら、おはよ、チビちゃん」

扉が薄く開いて、菜子が姿を見せた。すぐに母親の華絵に寄っていき、その陰に隠れる。

「かわいげがないわね。起きたのならちょうどいいわ。この子の部屋に行きましょう」

「菜子は関係ないでしょう」

戸惑い顔の華絵に、京乃が嫌らしい笑いを浮かべる。

「物を隠すには、子供の部屋が一番怪しまれなそうだもの。最初から、子供をダシにしたのよねえ、華絵さんは」

華絵の顔色が変わり、等々力が眉尻を上げた。

ヤバそうな話を出してきたな。他の男子三人も意味がわかったのか、居心地が悪そうにしている。

「京乃さん。八時までにゴルフ場に行きたいんですよね。先に部屋、見せてください」

等々力が声を抑えて言った。京乃が睨む。

「冗談じゃないわ。言ったでしょ、アタシが欲しいって言えば、もらえるんだって」

「例外はないほうがいいですよ」

等々力が食い下がる。

「女性の部屋を調べるなんて失礼よ」

「お母さんと徳永さんにお願いすればいいと思います」

等々力がなおも押す。状況のわかっていない菜子が、誰も相手をしてくれないと焦れたのか、ねえねえと華絵の手を引っぱった。等々力は表情を緩めて、菜子に話しかけた。

「菜子。アンと遊んでてくれるかな」

「いないもん」

菜子が、廊下の奥に視線を向けている。もともとのケージの置き場所らしい。

「ごめんごめん。玄関に移したんだよ」

わかったー、という返事も早々に、菜子が廊下を駆けだした。階段を元気に下りていく。

話を元に戻して、と等々力が京乃に向き直った。

「僕らも一階に下りましょう。京乃さんの部屋、見せてください」

不機嫌そうに京乃が歩きだす。彼女の部屋だけが一階にあるそうだ。玄関ホールを挟んで、ダイニングとは逆側だった。扉から覗いただけだが、かなり大きな部屋に見える。

「ちょっと、扉閉めて。しっしっ！」

犬でも追い払うかのように、京乃が手の甲を俺たちに向けて払う。

「入りませんよ。見てるだけです。お母さんと徳永さんがちゃんと確認するように」

京乃が華絵と徳永を脅さないように、と等々力が言外に告げていた。京乃がまた睨んでくる。

そこに、アンが飛び込んできた。

続いて菜子が、アンを追ってくる。

「出ていかせなさい、その馬鹿犬を！」

「アン！　アンだめ。怒られちゃう！　食べられちゃう！」

菜子の発言に、つい笑った。佐川も噴き出している。犬嫌いの三浦が、古田の陰に隠れた。

「やめて！　汚い！」

ダックスフントは穴に逃げ込んだ動物を追いだすための猟犬だと聞く。穴だとでも思ったのか、アンは叫んで抗議する京乃に目もくれず、彼女のベッドの下に潜り込む。

と、アンがなにかを引っぱりだした。カサカサと擦れる音もする。スーパーマーケットでもらうような透明のポリ袋がベッドの下から現れた。アンが、引きだしたポリ袋になおも顔を突っこむ。

「よしなさい、アン」

等々力が部屋に飛び込んだ。右手でアンの身体を押さえる。同時に左手でポリ袋を遠ざけた。華絵もアンに手を伸ばす。華絵に抱かれても、アンはまだ吠えている。

「……これって」

等々力の声が震えていた。

ポリ袋から透けて見えるのは、陶器だ。さきほど佐川のスマホの画面で見た、赤を中心にした緑や黄の花の絵。だが正円ではなかった。割れた欠片もある。

「知らない！　今初めて見たわよ」

京乃が大声を上げる。等々力が呆れ顔で言う。

「ずっとダイニングにありましたが」

「そういう意味じゃなくて！　アタシの部屋にあるなんて知らなかった！」

「割ったから、隠したんですか」

「は？　今、その馬鹿犬が割ったんじゃない」

「そんな音、しませんでしたよ。今、割れたばかりじゃないでしょ」

「誰かが隠したのよ、アタシのベッドの下に」

「いつ誰が、隠せるっていうんですか」

「もちろんその子がよ。アタシがトイレに入った隙ならできるじゃない！」

京乃が、俺に視線と指を向けてきた。冗談じゃない、と俺は大きく両手を横に振る。

「あんたの部屋がどこにあるかも知らなかったんだぞ」

「探せばわかることでしょ。狭い家なんだから」

どこが狭いんだ。しかし否定しても肯定しても、この女なら文句を言いそうだ。

とにかく出てって、と京乃が等々力を押した。

「着替えるのよ。もう出かけなきゃ遅刻する！」

赤のアウディに乗り、京乃は出ていった。アタシを罠にはめようったってそうはいかない、と言いながら。俺は等々力に念を押す。

「俺は本当に知らないんだ。信じてくれ」

「わかってるって」

等々力は、割れた古九谷の皿を洗っていた。アンが舐めたからと苦笑しながら。

皿は、右肩の四分の一ほどが割れていた。時計でいうと、三時を指す針の形に近い。〇時から三時までの部分は、さらにふたつの破片になっていた。俺は、くっつけることができないかと、その破片を寄せてみた。破片のエッジとエッジに隙間がある。

「細かい部分、なくなっちゃったんすかねえ」

ぼんやりした口調で、ようすを見ていた古田が言った。であればなおさら、アンが割ったのではない。割れたあとでポリ袋に入れたのだ。

「等々力先輩。漫画のほう、どうしますか」

三浦が、おそるおそるといった風に訊ねる。すまない、と等々力が頭を下げた。

「再開しよう。皿の話は、夕方以降、父が帰ってきてからになるし」

「弁償とか、そういうことか?」

訊ねながら、正直、ぞわぞわしていた。俺はなにもしていないが、四百万円もの皿だ。等々力電機と俺が勤めていた部品工場の関係が知れたら、濡れ衣を着せられかねない。いや誰も、航の中身が俺だとは知らないのだ。そこは疑われないはず、……はずだ。

「だいじょうぶだよ。心配するな、鷹代。叔母は誤解してるんだ。悪かったな」

等々力がぽんと肩を叩いてきた。

そのあと二階の等々力の部屋に向かった。昨日の続きを描くも、会話は途切れがちだ。早く作業を終えて家に帰りたいと、みな思っているようすだ。

昼食を終え、残りはあと少し、最後の仕上げというところでチャイムが鳴った。父かな、早いなと言いながら、等々力が玄関に向かう。

「お客、だ。えーっと……」

戸惑ったような表情で、等々力が戻ってきた。背後から現れた人物に、椅子からずり落ちそうになる。

「わ……、いや、じいさん?」

俺の姿をした航が、そこに立っていた。

まずい。今おまえが現れては困る。等々力電機のせいでリストラされたことがバレたら、犯人にされかねない。来るな！

――という心の叫びなど聞こえるはずもなく、航は等々力の部屋の中まで入ってきた。

「おじいさん、お身体だいじょうぶですか？」

三浦がそつなく訊ねた。そうっすよそうっすよ、と古田も続ける。

「元気だ。犯人、まだ捕まってないけど」

航の返事に、僕らも早い解決を望んでます、と等々力が模範的な言葉をかけていた。

「なにしに来たんだよ、じいさん」

俺が非難すると、航は箱型の包みを差しだす。菓子のようだ。

「孫がお世話になって。ようすを見に。みなさん絵が上手ですね」

なんだそのキレギレかつ棒読みのセリフは。だが見回したところ、疑念は持たれていないようだ。ありがとうございますと、等々力が包みを受け取っている。

ちょっと話が、と航の腕を引っぱって廊下に出た。航は、中途半端な笑いを浮かべている。

「なんで来たんだ、航」

「かあさんの車。あとで迎え、来るって」

「そういう意味じゃなくて、どうしてやってきたと訊ねている。今、まずいんだ」

「言った通り、ようすを見にだ。かあさんに、航が世話になってる挨拶に行くって言ったら、菓子折り買ってくれた。バカ言ってないよな？　怪しいヤツ、見つかった？」

「突然訪ねてきたおまえが一番怪しい」

航が睨んできた。

「わかっているよ。俺をこんな目に遭わせた犯人はあの中にいるか、って話だろう。それはいったん置いておかせてくれ。今、問題が起きているんだ。俺は、ある疑いをかけられている。俺自身あり得ないとわかっているが、おまえという、いや俺という存在が、ここにいてはまずい」

「なに言ってんの？」

「実はな——」

俺は昨日からのできごとを説明した。興味を惹かれた航が、「それって」と疑問を呈してくる。

でかした！　航。たしかにそうだ。おまえ鋭いな。……ということは。

真相が見えてきた。

6 航

ハウスキーパーの徳永さんが運転する車で、佐川、三浦、古田の三人が帰っていく。車は五人乗り。乗りきれないからと、オレとじいさんはかあさんの迎えを待つことにした。って口実で残ったんだけど。

大きなダイニングで、等々力と三人して向き合う。犬と一緒に遊ぼうと、菜子ちゃんというかわいい女の子が寄ってきたが、オレの姿をしたじいさんが、祖父は犬は苦手なんだと断っていた。これも口実、どちらかというと好きなほうだ。

「航から聞いた。朝から大変だったと」

大変だからどうなんだよ、等々力ならそう言いかねないと思ったけど、ヤツは、すみません、と頭を下げてきた。オレの今の姿が、「大人」だからだろう。

「鷹代くんには不愉快な思いをさせました。叔母に代わってお詫びします」

相手によって態度も返事も変えやがって。こういうところが嫌いなのだ。

じいさんから聞いた、等々力の家庭の事情には同情する。だがこいつはいつも偉そうなのだ。画力もアイディアも、最後まで描き上げる根性もないくせに、口だけは達者。

「その叔母さんが、皿を割ったってことかな?」

オレの質問に、等々力は素直にうなずく。オレはさらに訊ねた。

「どうやって割ったんだろう」

コレクションボードの上は、右側にでかい壺があり、左側はぽっかりと空いていた。

「棚の中のブランデーかなにかを出そうと思ったんじゃないかと。で、うっかりなにかをぶつけたんでしょう」

「じい、……いや、航に聞いたけど、皿は右肩、時計なら三時を指す形に割れてた、だよね。そんな風に、ぶつけるかな」

「酔ってたんじゃないでしょうか」

「高いんじゃないかな」

「四百万円です」

そっちじゃなくて。

じいさんの台本に沿って喋ってるつもりだが、等々力の返事が予定していたものからずれるし、うまく話を進められない。ちくしょう、なんでオレって話が下手なんだ、と悔しく思いながらヘルプの視線を送ると、じいさんが咳払いをした。

「コレクションボードの高さは百二十センチほど。その上に、直径四十センチの皿が載っていた。合計百六十センチだ。時計で見立てると〇時から三時の位置が割れていた、ということは、力がかかった場所は百四十センチから百六十センチの間のどこかとなる。だけど、京乃さんの身長は百五十センチ、あるかないかだろう。どういう動きをすれば、自分の背の高さほどの位置に、ものをぶつけられるのかな、ということだよ」

じいさんの説明に、等々力が「あ」と声を出す。

「……振り下ろした、ならできるはず」

「振り下ろす、ね。ぶつかったのではなく、上から下に力をかけたのなら、もっと派手に皿が割れるんじゃないのかな」

待ってくれ、と等々力が考え込む。

「皿は、十二時十五分から五時半の間に、ここから叔母の部屋に移動した。菜子と母は寝ていた。僕たちは二階にいた。徳永さんは……、うん、徳永さんが朝、どこかに皿を隠しておいてわざと騒いだ可能性もあると思ったけど、その時間、叔母はまだ部屋で寝ているんだ。やっぱり叔母以外にできないじゃないか」

「ここから叔母さんの部屋に移動した、って言うけれど、正確には、このダイニングから出す、叔母さんの部屋に置く、の二度の移動だろ。その時間をずらせばいい」

じいさんが説明しながら、一本ずつ順に指を立てた。

「ずらす？　五時半よりあとってこと？　叔母がダイニングにやってきたのは最後だし、そのあと僕らは一緒に行動してたじゃないか」

「逆だよ。十二時十五分より前のほうにだ」

「なに言ってんだ、鷹代。写真、確かめたろ。十二時十五分には、皿はそこにあった」

それだけど、とオレは口を挟んだ。

「なぜ写真を、撮ったんだ？」

「僕ら、漫画を描いてるんですが、その資料にするために撮ったんです。本当に撮りたかったのは棚の中のブランデーとかで、皿は写りこんだだけですが」

「その話は聞いてる。でも背景は小宮、……航に聞いたけど、小宮くんとかいう、ここにいない子が描くんだろ？　写真撮る必要、ないじゃないか」

じいさんから話を聞いたオレは、一番に、そう思った。不自然だと。そこから推理を組み立てていったのだ。

等々力は一瞬黙ったが、取り繕うように言った。

「資料にして、渡すためですよ」

「ずいぶん親切だな」

「な、なんか僕、責められてますか？」

助けを求めるかのように、等々力がじいさんのほうを見る。オレの顔をしたじいさんは、笑ってうなずく。

「責めてるんだよ。等々力がやったんだよな。あの叔母さんを犯人にするために、皿を隠し、ベッドの下においた。動機も想像がつく。等々力は叔母さんのことを、苦々しく思っていただろ。義理のお母さんや菜子ちゃんが攻撃されたとき、血相を変えていたし」

等々力が肩をすくめる。

「ちょっと心外。たしかに小宮のために写真を撮る必要はないけど、合作をいいものにしたかったからだよ」

詭弁だ。おまえ、いつも詭弁だらけだ。オレは等々力を睨む。

等々力はしかし、弁解を続ける。

「覚えてるかな、鷹代。叔母は言ったろ。自分は眠りが浅く、アンの鳴き声で起きてしまうから玄関にケージを置くなって。叔母が寝てる間に忍び込むなんて僕には無理、うん、誰もできっこない」

じいさんが、違うとばかりに、首を横に振る。

「だから、隠したのは十二時十五分より前、叔母さんが帰ってくる前なんだろうって、話だよ。いや、俺たちが来るよりも、さらに前だ。徳永さんが俺たちを迎えにきていた時間、等々力は家にひとりだったからな。まず俺たちをここに案内し、皿の話をして印象づけた。合作にもバーの話を盛り込んで、わざと写真に撮り、皿があった時間を証明した。違うか？」

「わざとだろうが偶然だろうが、写真は写真だ。時間は遡れない。皿はここにあった」

いいや、とじいさんは言い、オレを見てくる。

「入れ替えたんだ、皿を」

オレたちが入れ替わるより、簡単な話だよな。

「東日本大震災のとき、俺んちはけっこう揺れた。きっとここもだろ？　物が棚から落ちたり宙を飛んだりした家もあって、あれ以来いろんなところで防災の話題が出ている。百二十センチの棚の上に、三百万円の壺や四百万円の皿なんて、恐ろしくて飾れるか？」

「……それは、父に訊いてみないとわからない」

等々力が抵抗する。じいさんがなだめるように言った。

「偽物(にせもの)なんだろう？　等々力だって、皿や壺をこけおどしだって言ったよな。高価なものは持っている。でも本物を飾るのは危険だからふだんは偽物を置いている」

「それは父じゃないとわからないってば。ただ、もし皿が偽物だとしても、叔母が皿を割り、知らんぷりを決め込んだことには変わりがないよ」

「偽物が存在するということは、唯一無二じゃないってことだ。偽物もまた、一枚とは限らない。もともと割れていた偽の一枚と、昨日まであった偽の一枚を入れ替えたんだよ」

「屁理屈だよ、鷹代。どうしてそんなことがあったと言える？」

証拠はあるのかとばかりに、等々力が詰め寄る。じいさんはうなずいた。

「金継ぎだよ。知ってるよな。割れた陶器やガラス製品を漆でつないで、上から金などの粉を蒔いて飾りみたいにして修復する技法のことだ。等々力、死んだ母親が多趣味で陶芸とか彫金とかをやってたと言っていたよな。実際、金継ぎでつないだ器が、おまえの部屋のコレクションボードにあったじゃないか」

オレがここにきてすぐ、じいさんと話をし、再び等々力の部屋に戻って、そいつがあるのを確認した。カップの端に、舌のような楕円の部分があり、金色の筋がついていた。そいつが金継ぎというものだそうだ。母親が直したのか等々力が直したのかはわからないが、じいさんは、等々力が母親のものを大事にしている人間だと思って感心した、と言う。って、そんなので洗脳されるなよ。

「金継ぎの器があったからって、それが証拠だなんて乱暴だ」

「叔母さんの部屋からみつかった皿の破片は、ぴたりとはくっつかなかった。一度、金継ぎでつないだ皿をバラしたせいだ。破片に残る金や漆の跡は削ったんだろう。そのせいでできた隙間だ」

「……割れたときに粉々になったから、隙間ができたんだろ」

「破片のエッジの部分、全部がか？　じゃあその粉はどこにある？　コレクションボードの前は絨毯だ。毛足が短いペルシャ絨毯とはいえ、落ちれば多少は残る。真夜中、音もたてず、周囲に気づかれないよう掃除をするのは困難じゃないか？」

じいさんの言葉で、等々力が大きなため息をついた。

7　章吾

まさにあの震災で一度割れてるんだ、と等々力が言った。

予想通りだった俺はうなずく。航も神妙な顔をしていた。——俺の顔だが。

「小学生だった僕は、価値を知らなかった。ただ母が、柄の美しさを気にいってたから、捨てるというのでもらって、母の真似をして金継ぎをしてみた。母に見せたら嬉しそうに笑ってくれたけど、それが飾られることはなかった。内緒よ、と言われて教えてもらったんだ。実は飾っていたのは偽物だって。地震対策じゃなく盗難対策だけどな。隣の古伊万里もそうだよ」

「最初から飾らないのが、一番早い」

「そう言わないでください。父には見栄もあるんでしょうから」

航の言葉に、等々力が苦笑していた。

「本物は父が倉庫にしまっている。改めて新しい偽物を作ってもらったらしく、間もなく寸分違わぬものが飾られた。なーんだと思ったけど、自分で直した皿はそのまま持っていた。母が、上手くできたわね、って褒めてくれたから。直したことを知っているのは母だけだ。当時結婚していた叔母も、今の母も徳永さんも家にいなかった。父も忙しかったし、知らないはずだ」

「それを使ったんだな。先に、割れた皿を叔母さんの部屋のベッドの下に入れておき、ここにあった皿は皆が寝静まったあとで隠す。簡単だ。それで、どこに隠したんだ？」

「タンスのひきだしを二重底にしておいた。ぱっと見じゃ、わからない」

おいおい。ずいぶん計画的だな。

航も、等々力を睨みつけている。

「利用したんだな。オレ……いや、航や漫研の連中を。外の人間がいれば、うやむやになることはない、そう思ったんだろ」

「ごめんなさい、おじさん。そのとおりです。ただ、目撃者になってほしかっただけで、漫研のみんなに迷惑をかけるつもりはなかったんです。もちろん鷹代が疑われるなんて思いもしなかった。本当に申し訳ありません」

等々力が頭を下げてきた。俺はさらに確認する。

「三浦が犬を嫌いなことも知っていたんだよな。それを、叔母さんの部屋のある一階、玄関ホールにケージを持ってくる理由にした。朝、なにか理由をつけて、菜子ちゃんにアンと遊ぶよう指示するつもりで、実際にそうした。割れた皿を洗っていたのも不自然だ。あらかじめアンの好きな食べ物でも塗りつけて、においをつけたんじゃないか？　そして計画通り、アンを使って、叔母さんのベッドの下から、隠した皿を引きださせることに成功した」

「……おまえ意外と、鋭いんだな、鷹代」

「見くびるな」

冷たく言い放ったのは航だ。等々力が身を竦める。

まあまあ、と俺は声をかけた。

「だけどもともと偽物だろ。叔母さんをやりこめたいにしても効果は薄くないか？」

「偽物か本物か、叔母たちは知らない。正直、他に使えるものがなかったんだ」

「違う違う。どうせなら本物を使うべきじゃないかって言ってるんだ」

俺はにやりと笑ってみせた。

「はあ?」

「本物を倉庫から取ってきて、倉庫には等々力がタンスに隠している偽物を入れる。で、本物を今割れている皿と同じ形に割る。そうすれば、いつの間にか入れ替わっていた本物を叔母さんが壊したってことになるぞ」

そう言うと、等々力も航も呆然とする。

「じ……、いや航！　おまえなんてことを！」

航の文句を、俺は笑い飛ばした。等々力が、困ったように首を横に振っている。

「そんなことできるわけないじゃないか」

「なぜだ?」

「四百万円だぞ。壊せるわけがない。それにもしもバレたら」

「バレたときのことを考えてどうする。できないなら等々力、おまえにはそれだけの覚悟がないってことだ。罠にはめる計画を考えるより、正面からの解決を図ったらどうだ?」

「それができないから困ってるんじゃないか。父は仕事が大変だと言って、全然取り合ってくれない。僕が母と菜子を守るしか」

「守れていない。昨夜だって、叔母さんに命令されて、おとなしく飲み物を運んでいた。

菜子ちゃんのことで嫌みを言われたときも気持ちを抑えていた。叔母さんはそういうのを積み重ねて、自分の力を誇示してるんだぜ。等々力ももっとバシッと言って、好きにさせないという態度を積み重ねなきゃ」

「知った風な口、叩くなよ。あとで母が攻撃される」

「じゃあおまえがやったことは効果があるのか? 誰よりも、皿を割っていないことを知っているのは叔母さん自身だ。濡れ衣を着せられたところで態度なんて改めるわけがない」

等々力が黙ってしまう。

そのとき、俺たちのポケットで同時に音が鳴った。スマホを確認する。航がなにか言いだす前にと、俺は口を開いた。

「おっ、かあさんからだ。そこの角で待ってるってさ。じゃあ、俺とじいさんは帰るよ」

「え?」

「帰る?」

航と等々力の声が重なった。

「だって俺たち、もうなにもすることがないじゃないか」

俺は立ちあがった。航が戸惑いながら、話しかけてくる。

「見届けないのか？　顛末を」

「なに言ってるんだよ、じいさん。他人の家のことだろ。等々力、俺たちはなにも喋らないから、あとは自分で考えろ」

「ちょ、ちょっと……」

混乱した表情の等々力を置いて、俺は部屋を出た。航も追いかけてくる。

玄関から出たところで、航が俺の腕を引っぱった。

「待て、じいさん。あいつのやったこと、このままにしておくのか？」

「今すぐ解決できる問題じゃないだろ。父親は忙しそうだし、母親は叔母さんに対して強く出られないようすだ。関わったところで時間を食うだけだ」

「ムカつくだろうが。利用されたんだぞ。オレだけじゃない、漫研の連中も。そうだ、きっと合作って話、家に呼ぶために考えたんだ」

俺は立ち止まり、航の目を見た。

「航、おまえ、等々力が怒られるのを見たいだけだろう？」

「……や、それは」

「彼が考えたことと同じだな。叱られてほしい、立場をなくしてほしい。それでなにかが変わるんじゃないかと期待しても無駄だ。そんなもののために貴重な時間を使うなよ」

休みが明けて学校に行くと、朝のショートホームルームが始まる前にわざわざ、等々力が俺のクラスまでやってきた。

「父に話したよ。怒られた、かなりな。そのあと父と話し合って、皿が偽物だということだけみんなに伝えた」

「だけ？」

「ああ、それだけだ。本当のことを言うと叔母が増長するから」

「叔母さんの反応は？」

「偽物で大騒ぎをしてとか、本当に自分じゃないとか、ぷりぷりしてた。酔っていて覚えてないんだろう、と父は話を終わらせた」

「じゃあ元通りってことか？」

等々力が、複雑そうな笑顔を見せる。

「元通りにならないよう、父も目を配ると言うし、僕もちゃんと拒否を積み重ねる。正直、別のところに住んでもらうのが一番なんだけどな、マンションとかさ。でもそれは……」

それは子供の力ではできない。等々力は自分の限界をわかっているのだ。

等々力が、頭を深く下げてきた。

「本当に悪かった、鷹代。それに助かった」

「いいさ。漫研の連中にも偽物だったってことだけ伝えようぜ」

「僕、鷹代のこと、誤解してたみたいだ。もっと偏屈なヤツだと思ってた。外側だけじゃわからないな。中身は違うんだな」

「や、そ、そうか？　はは」

中身は、本当に違うのだがな。

もっとも誰もが、見たままの姿のわけはない。等々力の中身も、航が考えているものとは違う。おまえが思っているよりいい奴だと、航に伝わっているだろうか。

俺を襲った犯人は、こいつじゃないだろう。他の漫研の子たちも、俺の姿をした航が現れたときに、平然としていられる図太(ずぶと)さなど持っていない。そこは見かけのままで……

「そうか。見かけ」

野球帽——キャップ、とジャージ。

俺がそれらを身につけていたため、自分と勘違いしたのでは、と、航は言った。だがその服装を見て、航でもなく、まったく違う誰かと間違えられた、という可能性もある。

もしそうだったとしたら、俺たちに手がかりを見つけることはできるのだろうか。

第三話・鷹代航は潜入する

1　章吾 vs. 航

鷹代章吾は追憶に耽っていた。

同じ日の放課後、漫研の部室でのことだ。

等々力家で起こった皿の事件は、偽物だったと伝えたところで、「なーんだ」と終わってしまった。そのまま俺たちは漫画を読み、スマホをいじり、とりとめのない会話に興じる。

「おーい男子。そんなにだらだらしていていいのか？　女子は合作を進めてるよ」

顧問の入谷が声をかけてくる。同じ部室で、女子部員が楽しそうに原稿用紙を囲んでいた。

「僕らの担当分は休み中に描き終えました。昼に背景担当の小宮に渡したんで、あとは彼待ちです」

等々力が答えた。入谷が、駄目だと言わんばかりに首を横に振る。

「待っている間にできることがあるんじゃないかな。部誌のページ割り、目次や奥付の作業も必要だろう？」

「全部揃ってからやります。どこまで入るかわからない原稿があって、ページ数も不明だし」

「計画に沿って進め、不確定な部分は止める勇気も必要だ。手に負えなくなる可能性があるよ。コントロールすべきじゃないかな」

「そうはいっても……、描いたところまでは載せてほしいって言う子もいるし」

等々力の言葉に、入谷がなにか言いかけたところで部室の扉が開いた。ジャージ姿の生徒が駆け込んできて、入谷を引っぱっていく。

「申し訳ない。サッカー部でトラブルが発生した。さっき言ったこと、考えてみてくれ」

入谷が片手を挙げて、部室を出ていく。等々力が肩を竦めている。

「オリンピック、真面目だからなー」

佐川がおもねるように言った。俺は、計画に沿って進めるべしという入谷の意見に賛成だが、部員たちには彼らなりの考えもあるのだろう。ともあれ俺は今、航の姿をしている。郷に入っては郷に従えと黙っていた。

「入谷先生って、なんでオリンピックって呼ばれてんすか？」

一年生の古田が思いだしたように言った。それは俺も聞いてみたい話だ。

「サッカー部で忙しくて、うちには四分の一ぐらいの頻度でしか来ないから、ですよね」

三浦が答える。等々力が続けた。

「オリンピックの年に生まれたから、って聞いたことあるけど」

「小さいころからオリンピックってあだ名らしいよ。そのときの一〇〇メートル走に刺激を受けて、這いずりはじめたって言ってたような」

さらに佐川が答える。

「一歳になってないころの記憶なんてあるのか？」

俺は思わず口を出した。

「ないんじゃないすかねえ」

と三浦。佐川も笑って言う。

「そういう、嘘だろーって逸話から、オリンピックなのかな。……あれ、等々力どうかした？」

「うん。菜子はちゃんと覚えてるかなって。僕、めいいっぱい遊んであげてるんだけど」

等々力は年の離れた妹を大切にしている。寂しげな顔だった。気持ちはわかるが、三歳やそこらのことは高確率で忘れるだろう。娘の真知子も、保育園以前の記憶は全滅だ。

「でも入谷先生、そろそろ三十歳が近いから、サッカー部で走り回るのはきついって言ってました。四分の一が三分の一ぐらいに増えるかもしれないですね」

三浦の言葉に、え？　と古田が驚く。

「そんな歳？　もっと若いかと」

「昭和の最後だったか、実質上の最後の年生まれって言ってたような」

そう告げた等々力に向けて、俺を除く全員が「昭和かよ！」と叫んだ。

悪かったな、昭和生まれで。しかも前半で。

勤めていた部品工場に平成生まれが入社してきたとき、どよめきが起きたのを思いだす。最初は彼らを「平成くん」と呼んでいたが、当然、その割合は増えていく。俺の退職にあたり手続きをしてくれた事務部門の担当者も、二十代の中盤から後半の歳で、平成生まれだった。派遣社員は二十代、三十代が中心だが、平成の子のほうが多かった。

やがて社会から昭和生まれが減り、勢力が入れ替わる。かつて明治も、大正もそうなった。仕方のないことだ。だがそのまえに、悔いの残らないよう、やりたいことをやろう。

せっかく今、航の身体を借りているのだから。


鷹代航は煩悶していた。


このまま、じいさんの好きにさせるわけにはいかない。

なぜ、等々力の話を嬉しそうに喋るんだ。なぜ、クラスの噂にそんなに詳しいんだ。そのうえ、女子のなかで誰が好みかなどと訊いてくる。

オレのキャラを崩壊させるな。

思慮深くて――奥手ともいう――、物静かで――口下手ともいう――、それなりの成績を保っている――あくまでそれなりだが――、オレという存在をなくさないでくれ。

たしかにオレは、目立たない地味な人間だ。じいさんに言わせると覇気がないのかもしれない。だが世の中、人の目を惹きたい人間ばかりじゃない。他人から注目されるのも、それなりに気を遣うんだよ。ポカをしないよう、気を張ってなきゃいけないんだよ。なにかあると、からかわれる。騒がれるんだ。

小学生のころ、太腿に残る火傷の痕に注目が集まった。同情してくるヤツ、分析するヤツ、からかってくるヤツ、全員、ムカついた。男の子だから気にしちゃダメ、なんて言われたこともある。なにが、男の子だから、だ。いつ、オレが気にしていたというのだ。なぜ、気にしてはダメなのだ。関係ないだろ、おまえたちはオレじゃない。

おっと。オレは本当に気にしてなどいない。歴戦の勇者みたいだと今は思っている。だが目立つことは、面倒を伴うと知った。オレは自由でマイペースに過ごしたい。元の姿に戻ったオレが、じいさんと同じテンションを保つなんて無理、まっぴらごめんだ。

だからオレは、じいさんを監視することにした。

教室に監視カメラをつけるとか、スマホで遠隔操作をするとか、どこかにあるかもしれない光学迷彩に透明マント、空想はいろいろ浮かんだが、これが現実的で精一杯の監視だ。

オレの目の前に、一枚のメモと履歴書がある。

履歴書はじいさんの部屋にたくさんあった。ちょっとだけ、同情が湧いた。やいのやいのとかあさんに言われてたけど、真面目に就職活動してたんだな。

オレという中身が入ったままじゃ、じいさんが希望する職へは就けない。オレには工作機械を動かせないのだ。

この職種は、すぐに辞めはしたけれど、オレ自身が経験したことのある仕事だ。すぐに辞めただけに、向いていない仕事だとは思う。だが今のオレは鷹代章吾だ。本当のオレじゃない。いわば異世界で闘うようなものだ。この姿で失敗しようとも、ダメージは少ない。そうだ、勇気を奮いおこすんだ。がんばれ、オレ！

オレはメモの番号に、電話をかけた。

2　章吾

「男子のクラス委員、森川くんが入院しました。二週間の予定と聞いています」

翌朝のショートホームルームで、副担任の奥山がぼそぼそとした声で言った。

二週間も入院？　と俺は驚いたが、周囲はそれほどでもない。ああ、と納得のため息が聞こえる。

俺は、斜めうしろに座る男子生徒に、どういうことかと訊ねた。はじめて航の姿で登校した俺に、声をかけてきた子だ。彼には、自分は頭を打ってからたまに混乱すると伝えている。わからないことを何度訊いても嫌な顔をしない、いい奴だ。

「身体が弱いんだよ。ちょくちょく休んでる。ここのとこ、体育もずっと見学だったから、なるほど、って感じだ」

「――それで、森川くんは退院しても自宅療養かもしれないので、なんていうか」

奥山の説明が続く。いつもながら彼女の話は要領を得ない。

ガタン、と席を立つ音がした。

「文化祭には間に合わないでしょう。今までは、森川くんが休んでもひとりでやってきたけど、イベントが控えているので心もとないです。できる限りはがんばるので、誰か助けてくれませんか？　男子諸君！」

奥山に代わってしゃきしゃきと話す声の主は、安立ちえみ。女子のクラス委員だ。

「そういうことだ。我こそはと思うものは、はい、挙手！」

主担任の工藤が続ける。女子生徒を含め、視界に入るすべての生徒が視線を下に向けた。

俺も皆に倣ってうつむく。義を見てせざるは勇無きなり。工場にいたころの俺なら、快く引き受けた。社員間の諍いを収めたこともある。あれは、態度の悪いチーフ担当に耐えかねた派遣社員からの不満だった。あの件で俺は、以前にも増して若い連中に慕われるようになった。

しかし合作漫画のことで航に怒られたばかりだ。漫画のほうは部員として協力すべきだと思ったが、こちらは俺でなくてもいい。他にやれる奴がいるなら譲(ゆず)りたい。

「きみ、どうなんだ？　けっこう親切なタイプだと思うんだが」

　俺は椅子にもたれかかるていで、斜めうしろの男子生徒に身体を寄せた。

「鷹代くん、話しかけないで」

「おい、そこのふたり。どちらか立候補しないか？」

　工藤の声がした。目をつけられたのだ。

「無理です、無理無理。僕、部活が忙しくて」

「……俺も」

　俺は身を縮める。そうだ、と奥山が明るい声を出した。

「鷹代くん。安立さんと同じ部活動でしょう。相談もしやすいし、お願いできないかな」

　どういう理屈でそうなるのだ。加えて、同じ部活動とはどこのことだ。航は、漫研以外の部にも入っていたのか？

「申し訳ないけど、鷹代くんには荷が重いと思います」

　俺がまごまごしている間に、安立はさっと立ち上がり、きっぱりと言う。

「荷が重いとは、失礼だな」

「だって鷹代くん、責任を負わされそうになると、すぐ逃げるじゃない」

おーい、航。言われてるぞ。

「でもできる限りは、安立さんがやってくれるんでしょ。なんとかなる、と思う」

「鷹代、がんばってみろ」

奥山が無責任なことを言い、工藤が宣言して手をパンと打ち鳴らす。

そこまで言われたらやるしかない、と俺は小さくうなずいた。安立はがっかりした表情だ。実に失敬だが、航に信望がないのだろう。祖父として情けない。ここは俺が、汚名返上に役立つべきだ。

「俺と安立さんは、どこの部活動が一緒なんだ?」

休み時間を待って安立に話しかけると、安立は最初、ぽかんとした表情をして、やがてなにかに思い当たったように眉を顰(ひそ)めた。

「それ嫌み?」

「どうして嫌みなんだ? 素直な気持ちで訊いただけだぞ」

航よ、おまえはこの子になにをしたんだ? どうみても嫌われているぞ。

「漫研。忘れたの?」

しみじみと面倒そうに、安立が答える。

「そういうことか！　いや違う。いやあの、俺、頭を打ったじゃないか。そのせいで記憶が混乱するんだ。いたのか、安立さん。……ああ、そうだ。いたなあ。あはは」

「怪我のせいで混乱？　それだけ？」

「ああ」

「そう……、ごめん。ここのとこ部活をサボってるから、あてこすりを言われたのかと思った。失礼しました」

　安立が頭を下げた。ほう、意外と素直だ。

「全然。幽霊部員は小宮だけなのかと思っていたから、俺もつい。本物の幽霊は目に見えないんだな」

「鷹代くんって、そんなうまいこと言う人だっけ」

　これはしくじった。航は単語で話すのだった。ごまかさねば。

「……ネーム、そう、ネーム、考えて、うむ。使おうと思って考えてた、んだ」

　覚えたての言葉で言い訳をする俺に、安立は半笑いだ。

「小宮はかけもちしている美術部が忙しいようだが、安立さんはなぜ来ないんだ？」

「いろいろと。家とか、忙しくて」

「家？」

「いろいろはいろいろ。とにかく鷹代くん。できる限りはあたしがやるって言ったけど、引き受けた以上はちゃんとやって。サボったら許さない。そろそろチャイム、鳴るよ」

安立は俺をひと睨みして、次の授業の教科書を読みはじめた。


女子部員はあまり、昼休みの部室にやってこない。どうしてだと訊ねたところ、佐川がにやついた。クラスでの人間関係の構築が優先なのだと。放課後は部活でバラバラになるが、いや、なるからこそクラスでの立ち位置を守るために、女子は昼休みに努力をしている、あいつら大変だなあと他人事のように言う。

女子に限った話でもないだろう。俺は煙草を吸わないが、喫煙所での情報交換や交流を理由に煙草を吸う人間が工場にもいた。彼ら彼女らはよく言っていた。上司や部下との関係を、一服する間に築くのだ、と。

「俺と同じクラスの安立も、部員だったんだな。休んでいる理由、知っているか？」

女子がいないからこそ話題にしたのだが、等々力には女子に訊いてくれと言われた。

「おまえ、部長だろう？」

「一応、表向きの話は聞いてるよ。おばあちゃんの介護だってさ。寝たきりってわけじゃないけど、親が働いてるから心配で看てるって」

「家が忙しいというのはそういうことか。大変だなあ」

俺はたちまち感心した。いい子じゃないか。

「表向きだってば。何度か夜遅くに帰ってきてたって、近所に住んでる女子が言ってた」

「塾じゃないのか？」

「行ってないそうだよ。近辺の商業施設に入り浸ってるとかの目撃証言も聞かないし、どうしてるのか僕にはわからない」

「女子に訊けば多少はわかるんだな。副部長にでも訊くよ」

副部長は女子だ。おいおい、と等々力が止めてくる。

「訊けといったのはおまえだろ」

「くれぐれも訊ね方を間違えるなよ。鷹代は最近、やたら積極的だが、地雷を踏んだらごまかせ」

等々力は女子の人間関係に首をつっこみたくないらしい。侮るなよ。亀の甲より年の功だ。

「本当に積極的だよな、鷹代。安立が気になってるのか？」

佐川がいやらしげに笑いかけてくる。

「いやあ、男子のクラス委員を引き受けることになったんだ。流れ、と表現するのかな、ゆきがかりだ」

鷹代が？　とふたりが驚き、顔を見合わせていた。早速、別のクラスにいる副部長に訊ねたところ、「私たちがいじめて追いだしたとか思ってないよね、誤解しないで」と牽制（けんせい）された。今までと変わりなくＬＩＮＥでつながっているし、ベタだけでもいいので気が向いたら塗りにきてよ、合作に参加してよ、と伝えているそうだ。

休んでいる理由を訊ねたところ、スランプじゃないのと軽く答えられた。おばあちゃんの介護もあって疲れた、描く気力が湧かない、そう言われたそうだ。

たいした理由はないのかもしれない。俺とて別段、気になっているわけではない。ただ真面目そうな子だったので、部活をさぼるという行為と結びつかなかっただけだ。

気になっていない、それはたしかだが、授業の終わったあとたまたま、昇降口で安立を見かけたので声をかけた。不審げな顔で見られる。

「なんの用？」

「帰るんだろう？　道々（みちみち）でいいから、クラス委員の仕事のことを教えてくれよ」

「多岐にわたる。主に取りまとめ。あたしだけで済むことは手を出さなくていい。お願いしたことをお願いしたとおりにしてくれればいい」

安立はそっけない。

「部下ということか？　俺が安立さんの」

「そういうつもりはないけど、一時期だけの話だし。……あ、あたし自転車だから」

俺も自転車だ、と言って、校舎の角を曲がる安立についていく。背後から見た安立の肩が落ちたのは、がっかりしたからだろう。

「クラスに文化祭の実行委員はいるんだろう？」

「いるけど部活優先で頼りにならない」

「なるほど抱え込んでいるわけか。上手く周囲に振らないと、仕事は楽にならないぞ」

呆れたような目を、安立が向けてきた。

「できる人には振ってる。口だけの人には振らない」

「それが一番だ」

「……あたしコンビニ寄ってくから」

校門を出てすぐのところで安立が自転車にまたがり、横断歩道を渡った。道を挟んで斜め向かいに、コンビニがあるのだ。

3 航

「おじいちゃん、意外と覚えが早いじゃない。レジの手順もばっちりだね。でも、もうちょっと愛想よくしたほうがいいよ」

「尾田さん、彼はおじいちゃんって名前じゃないよ。鷹代章吾さんだ。ちゃんと苗字で呼ぶようにね」

店長が注意した尾田さんは、かあさんと同年代のおばさんだ。オレが高校に入学したときからずっとここにいて、見覚えもあった。店長はもう少し年上。じいさんよりは下だろう。

オレの覚えが早いのは、ほんの一週間だが別系列のコンビニでアルバイトをしたことがあるからだ。客が横柄でトラブり、店長がオレばかりを責めるので辞めた。オレには客相手の仕事は向いていない。今もこの緑色の制服が、どうにも着心地が悪く感じている。襟元が痒い。

「やだちょっと店長、クリーニングのタグ、残ってる」

尾田さんがうつむいていたオレの首元に、手を伸ばしていた。ぷちっとなにかをちぎりとり、笑顔でオレに手渡してくれる。

なんだ。襟元が痒かったのはこの紙のせいか。だがまあ、着心地は相変わらず悪いわけで。

「だから、話、もう終わったでしょ」

ぴろぴろぴろという自動ドアに連動した音とともに、女性の険(けん)のある高い声がした。連れ立ってきたらしき相手がなにか答えていたが、そちらはドアの音に消されてしまった。男性ということだけはわかる。

「他の子に誤解されると嫌でしょう？　お互い」

痴話(ちわ)喧嘩か？　それとも男が一方的に追いかけてるのか？

「俺も買い物があったんだ。消しゴム」

その返答を聞いて、並べ直していた商品を取り落としそうになった。オレと同じ声――じいさんの声だ。いったいなにをやってるんだ。つきまとい？　相手は誰だ！

棚の間から覗いた。腰が抜けそうになる。安立ちえみ？

オレの背後で物の落ちる音がした。腰は抜けなかったが、もたれかかってしまったのだ。

「鷹代さん、なにやってるの」

店長の声が飛ぶ。

「え？　俺？　なにもやっていませんよ」

とじいさんが叫んで、店長が「え？」と答え、尾田さんが「え？」とカウンターから身を乗り出し、安立が「え？」と彼らを眺めまわす。

「えー」

オレは片手を挙げながら、彼らの前まで歩いていった。

「へえ、お孫さんがそこの高校に通ってるの。それでうちで働くことにしたわけだ。面接のときはなにも言ってなかったじゃないの」

「それは、たまたま。家の近所は、なんか。思いついたのが、ここ。聞いてたから」

店長のこの言葉は、オレを責めているんだろうか。別に言う必要もないことだろ。

オレは適当な弁明をする。

「お孫さんがうちの店の噂をしていたの？　それは光栄だね」

店長はにこにこしている。そのにこにこはオレだけでなく、オレの姿をしたじいさんや安立にも向けられていた。たしかに客はそっちだ。

「お孫さんを見守りに来たのね、鷹代さん。羨ましいわ。うちなんて文句ばっかり。こないだも舅（しゅうと）が、うちの子のことをさあ」

尾田さんが愚痴（ぐち）りだし、店長がまあまあと相手をする。安立がさっと奥の棚に行ってシャープペンシルの芯（しん）を手にし、オレに突きだした。

「お会計お願いします」

そしてすぐに去っていった。

「しまった、逃げられた」

じいさんがあとを追おうとしたので、オレは慌てて止めた。

「なにやってんだ。オレをストーカーにする気か」

「おおげさだな。男子のクラス委員の、森川という子が長く欠席するらしいんだよ。いつの間にか俺が代理ということになった」

「代理？　いつの間にか？」

「詳しいことは家で話す。航こそなにをやっている。俺を見張りにきたのか？」

「当然だろ。てか、できれば学校行きたい。けど無理。現実的妥協点が、ここ」

「できるのか？　真知子に聞いたが、おまえ春休みにバイトをすると言っておいて、すぐに辞めたらしいな」

「客と店長が、クソだったせい。オレだってやりたくない。今だけ」

「店に迷惑をかけるなよ。短時間や短期間ならかまわないはずだが、ハローワークにちゃんと申告して、認定日も忘れるな。家に入る金が減ることになるからな」

やり方は教えるし当日はついていくから、とじいさんが言う。それは学校を休むってことか？　オレを犠牲にするな。

「そっちこそ。クラス委員、断れ。元に戻っても無理。やらない」

「こちらも一時期だけという約束だ。そんなに難しいことはしやしない」

「委員なんて嫌われ役。安立と一緒ってのが、なお無理。あいつ、超怖い。ばしばし怒る。常に上から」

「きつそうな雰囲気はあるな。でも悪い子じゃなさそうだ。意味もなく怒るようには見えない」

「ちょっと掃除サボっただけで、火、噴く。ありえねえ」

呆れた表情で、じいさんが睨んできた。

「ありえないのはおまえだ。掃除程度のことをさぼるな。小学生か」

と言ったあと、あー、とじいさんはうなる。

「そういうことだったのか、あの子のあの態度は。それは見下されもするだろう」

なんのことだ？　と訊ねると、ぴろぴろぴろ、と入り口で音が鳴った。尾田さんに呼ばれる。

「鷹代さーん、仲がいいのはいいけど、続きはお家でねー」

仲なんてよくない！

よほど叫ぼうかと思った。じいさんはどうでもいいような買い物をして、にこやかな顔で店を出ていく。

ドアの音で入ってきたのは漫研の女子たちだった。合作の話をしながらコピー機を操作している。オレの噂は出ないかと聞き耳を立てたが、なにもない。しかしこういう地味な情報収集こそが必要なのだ。

家に帰ってから、じいさんにクラス委員から降りてもらうよう再度頼んだが、聞き入れてくれない。無責任なおまえの尻拭いだ、なんて勝手なことをほざいている。

いくらムカついていようとも、翌日にはバイトに行かなくてはいけない。オレにだって責任感はあるし、じいさんがなにかやらかしたら、すぐに止めなくては。

レジ打ちをしながら、商品を整理しながら、朝や休み時間にやってきた生徒たちの会話に耳を澄ます。あれが食いたい、これがほしい、今度どこに遊びに行く、と他愛もない話がほとんどだが。あとは先生の悪口だ。リスキーなヤツらめ。教職員もやってくるんだぞ。

店長や尾田さんと軽口を叩きあう先生もいる。授業が行われている時間なら、生徒が来ないからだろう。カフェイン入り飲料もよく売れると尾田さんが言った。生徒に眠そうな顔は見せられないということらしい。……連中も大変なんだな。

文房具を買っていく先生もいた。ちょうどオレがレジ担当だったので、職員室にないのかと訊ねたら、備品より自分の使いやすいペンがいいと答えてきた。なるほど、丸ペン派の人にGペンを押しつけるわけにいかないようなものだな。コピーを取りにくる先生もいる。って、副担任の奥山先生じゃないか。そういえば日本史の宿題を提出し損ねたままだ。オレは思わず隠れた。

「ちょっとなにやってるの？　仕事して、仕事！」

尾田さんに肩をはたかれた。

「あ、宿題が」

ぴろぴろぴろ、と音が鳴って奥山先生が出ていく。

「お孫さんの？　忘れたの？」

つい焦ってしまったが、今のオレは航じゃないから隠れる必要はなかった。じいさんが、適当に言い訳をしてくれただろう。ボンヤリの奥山先生のことだ。忘れているかもしれない。

「なんでもない」

「そう？　飲料が到着したから、補充と整理をお願い。重いし大量で悪いんだけど、昼のお客が押し寄せてくる前に冷やしておかないと」

申し訳なさそうに言われたが、正直、接客より楽だ。

「同じシフトに男性が入ってくれて助かったわー。力仕事、頼りにしてるからね」

「今まで、おばさんがやってたの？」

「え？　おばさん？」

尾田さんの眉がぴくりと上がる。しまった。つい今までの癖で。

「尾田さん。尾田さんだよ、オ、ダ、さん。おばさんなんて、言ってない」

「そうよね。学生さんからならともかく、鷹代さんにおばさんなんて言われたくないわ」

腋に汗をかきながら、オレは搬入品が置かれているバックヤードに向かった。

今までオレは、あの人をおばさんとしか認識していなかった。だけどあの人にも、名前はあったんだ。

4 章吾

少しだけ時間を遡る。朝のショートホームルームが終わった直後のことだ。俺は安立に詫びを入れることにした。道の向こうでは、航がコンビニで奮闘していることだろう。俺もきっちり、正面から取り組むのだ。

「掃除をさぼって申し訳なかった。他にもきっとやらかしていたと思う。心より、悪かった。謝るよ。いや謝らせてください」

安立が、白い目で俺を見ている。俺はもう一度頭を下げた。

「許してもらえないだろうか。俺は心を入れ替えたんだ。これから真面目にやります。クラス委員としてもがんばるから」

「……あのぉ、頭、上げてくんない？」

「ああ！」

俺は安立に笑顔を向けた。

「そうじゃなくて。恥ずかしいでしょう。クラス中の注目の的だよ。教室でやること？」

周囲からくすくすという笑い声は聞こえていた。しかし謝るならひとまえで堂々と、叱るなら周りに見られないよう別室に呼んで。それが勤めていた工場の暗黙のルールだったのだ。

「体育館の裏にでも呼びだすのか？　それは変に誤解される」

「ＬＩＮＥがあるでしょっ！　漫研のグループにあたし、入ってるよね」

安立はキレ気味だ。だが航は、アカウントを削除して作り替えていた。俺にそのまま引き継がせるのを嫌がったのだ。

「事故のせいで消えたんだ。等々力たち男子は追加したけれど、女子は真っ白だ」

「じゃああとで」

ため息とともに安立が言う。

「今でもいいじゃないか」

「これ以上注目を集めたいのか、って言ってるの！　授業始まるよ。先生だって待ってる」

頰を膨らませた安立が、小声でそう告げる。教壇からくぐもった笑い声がした。

「いや、チャイムが鳴るギリギリまで待つよ。遠慮なくアカウントの交換をしてくれ」

部員はいじりやすいということなのか、一時限目の数学を担当するオリンピック入谷が俺たちをからかってくる。安立が真っ赤な顔をして入谷を睨んでいた。俺は両方に向けて頭を下げた。

ひとめにはつかないほうがいいが、ひとけがないところで一緒にいるのを目撃されても困ると、体育の授業が済んだあとの昼休み、ふたりで漫研の部室に向かった。

「あれー？　生きてたんだ。久しぶり」

等々力が、驚きながらもおおげさすぎない表現で、安立を迎える。

「ごぶさたしてます！　女子の先輩方、呼びましょうか」

三浦がすかさず言った。安立は、首を横に振る。

「鷹代くんと話をしにきただけだから。すぐ終わる」

へええ、と佐川が興味深そうにしている。古田もにやつく。

「誤解するなよ。クラス委員の話だから」

「ああ、あの文化祭までの間、引き受けるって話な。ずいぶん真面目だな、鷹代。合作のことといい、事故以来、人が変わったみたいだ」

等々力が言う。安立がそちらに目をやって、ふうん、とつぶやく。

「心を入れ替えたってあたしにも言ってた」

そう。まさに心が、入れ替わってしまったのだ。

「死に直面して、いろいろ考えたんだよ。ここらで変わるべきだとな」

「逃げずにやるならそれでいい。過度に期待はしてないし」

　安立はなかなか厳しい。

「よろしくな。そういえばうちのクラスは文化祭でなにをやるんだ？　出し物？　模擬店？　準備していたっけ」

「覚えてないの？」

「心を入れ替えたときに忘れた」

　安立が呆れ顔で、小さく息をつく。

「占いの館。得意な子がいるから話をつけた。そのかわり、他の子は会場準備。場の設計は模型作りが趣味の子。衣装は自作でコスプレやる子に頼んである」

「へえ。すごいな、安立さん」

「言ったでしょう。できる人には振ってる。口だけの人には振らない」

　俺は苦笑交じりにうなずいた。安立はクラスメイトを仕分けているようだ。航はできない人のカテゴリーだろう。そのせいで昨日の俺は、口だけの人と判断されたようだ。

「で、ＬＩＮＥのアカウントだったよね。鷹代くんの新しいのを漫研のグループに招待しといてくれたら、それで済んだのに」

安立がポケットからスマホを出している。

「忘れてた」

と佐川。俺は安立に話しかけた。

「つまり安立さんは、漫研を辞める気はないということだな」

どういった反応が戻ってくるのだろう、とにやにやしながら安立の顔を覗き込んだ。

と、安立はなぜか真っ青になっている。

「どうしたんだ、安立さん」

安立は手帳型のスマホカバーを閉じ、目を伏せて息を詰めている。等々力たちもおかしいと気づいたのだろう、寄ってきた。

「来ないで！」

安立がしゃがみこむ。

「いや、だけど……なあ」

「うん。だいじょうぶですか？　保健室とか、行きます？」

佐川と三浦が、呪文（じゅもん）でもかけられたように不自然なポーズで固まりながら言った。

「だいじょうぶ。本当に、もう平気」

すっくと安立が立ち上がり、俺のほうを見た。

「アカウントだったね。ＱＲコードでいい？」

スマホをかざす表情が、硬かった。顔色もよくない。見るからに虚勢を張っている。

「変なメールでも来たのか？」

「なんでもないってば。関係ない」

俺の質問に無視を貫きながら、安立は、用は済んだとばかりにそそくさと漫研の部室を出ていった。


午後の授業中も、安立のようすが気になっていた。安立は元気がなさそうだったが、それでも背筋を伸ばし、授業を受けていた。

放課後に担任の工藤から声をかけられていたので、俺も一緒に職員室に出向く。文化祭の件だった。そちらの委員に任せればいいじゃないかと、俺は少々、不愉快だった。

「実行委員に根回しをしておいてくれとは、先生もずいぶんだな。自分で言えよ」

「あたしに伝えたほうが早いからでしょ。委員は運動部だから、チャイムとともに消えるし」

「だからといって投げすぎだ。安立さんが中間管理職のようになっているじゃないか」

勢い、一緒に昇降口へと向かうことになった。鷹代くんは漫研の部室に行かないのかと訊ねられたが、小宮の背景待ちだと答える。なによりここは、等々力たちより安立のようすを見るべきだ。

「俺の家、母親と祖父の三人暮らしなんだ。俺も家のことをやらなきゃいけないからな」

「あっそ」

安立は俺には興味がないようだ。気のない返事をして、下駄箱を開ける。

紙が入っていた。折られて封筒大ほどのサイズになっている。安立は開きもせず、がっと握り、いや、握りつぶすような持ち方をして、不快そうな顔で肩から下げた鞄に押しこもうとする。俺は鞄の端をつかんで止めた。

「見なくていいのか？　ラブレターじゃないの？」

「別に」

「ラブレターじゃないなら見せろよ」

「ラブレターです。見せません」

「嘘だろ。逆だ。きっと悪口や、そういった類（たぐい）のものなんじゃないか」

ちっ、と舌打ちをされた。

「どうぞ。捨てといて」

安立が俺の胸元に、紙を押しつけてくる。

——おまえの罪を知っている。反省しろ。さもなくばどうなるかわかるか——

「なんだこれは。罪？　反省？」

パソコンかなにかで印字された文字だった。紙はＡ４サイズ。真ん中に横書き三行だ。

「子供のすることよ」

「この紙、何度も来てるんだろ。態度でわかったぞ」

「夏休み明けからね。なにに苛ついてんだか」

「罪とは、なんのことなんだ？」

「さあ？　でもあたしの性格っていうか、存在が嫌いな人はいるんじゃない？　はっきりモノを言うし、男子女子関係なく怒るし、キツいっていうか？」

「それを反省しろということか？　自覚はしているようだけれど」

「なるべくソフトに言うよう努力はしてるけど、言わなきゃいけないことは言う。そこは変えられないし、こんなくだらないことをする子の相手なんてしたくない」

胸を張って笑う安立が、かわいく見えた。

5 航

じいさんには、学校を出たら必ずコンビニに寄るよう伝えていた。ＬＩＮＥでその都度連絡しろと約束したのに、事後報告ばかりだからだ。顔を見ないと落ち着かない。

「鷹代さん、雑誌の整理お願い。立ち読み戻されてなくて」

尾田さんに頼まれた。

コンビニではたいてい、雑誌コーナーがガラス壁に面している。立ち読み客がいると他の客が店に入りやすく、犯罪抑止効果もあるという。だから多少の立ち読みはかまわないが、せめて元の場所に戻しとけ。

オレはバラけて置かれた雑誌を整えていった。ふと、外を見る。

「あああっ！」

じいさんが歩いていた。安立とふたりで。互いに自転車を押して。話しながら。

な、なにやってんだ、あのジジイ。そういうのは、カレシカノジョ関係でやることだぞ。あんたの時代とは違うんだ。すぐに写真を撮られるぞ。ＳＮＳで拡散されるぞ。

「どうしたの？　鷹代さん。なにかあった？」

尾田さんに訊ねられる。

「ご、ごめん、ちょっと、外」

オレは急いで外に向かおうとした。とそこに、ぴろぴろぴろ、とドアの音。制服が集団で入ってくる。次々に。どんどんと。ぴろぴろぴろが途切れない。

客を押しのけて出るわけにはいかない。這うような気分でやっと外に出たときにはもう、ふたりの姿は見えなくなっていた。

「オレを終わりにしたいのか」

バイトを終えて家に帰ると同時に、じいさんに詰め寄った。

「おおげさだな。おい航、冷蔵庫の豆腐を取ってくれ。味噌汁の具だ」

「豆腐なんてどうでもいい」

「よくない。腹も減っただろ。それからおまえ、料理を覚えろ。退職以来、俺が夕食担当だったんだ。俺の姿のおまえができないのは不自然だ。真知子の残業の間に教えるから」

「料理の話、あとにしろ。安立とはどうなってんだ」

「なにもないぞ。俺の心には今も温子がいる」

わざとらしく、じいさんが胸に手をやる。

「どうして一緒に帰った。なに、話した。誰かと、会ったか」

「食いながら話そう。おまえにも訊きたいことがある。あの子の周りで起こったことを」

そうしてじいさんは、今日遭遇したいくつかのことを話してきた。豆腐をさいの目に切って鍋に入れ、肉じゃがとごはんを盛りつけたあとで。

「――というわけで、本人は気にしていないと言うが、ああいうのはボディブローみたいに効いてくるんだ。工場でもいたんだよ。ストレスが積み重なって、身体を壊したり、精神を病んだりする職員がな。早めに取り除いてやらないと」

じいさんが、皺だらけの紙を目の前にして言った。捨ててくれと言われたが、証拠品だからと言ってもらってきたそうだ。

なにをどう証拠にするんだ？　紙の色は白で、文字は、漫画のセリフと同じようなフォントだ。明朝体だっけ、そのバージョンのどれかだろう。細かな部分が潰れたりかすれたりしている。

「なんでじいさんが」

「一緒に仕事をする仲間だろう。仕事じゃなくて、勉強か。部活も同じだ」

「構うと噂、立つ。面倒だ」

「誰か他に好きな子がいて、誤解されたら困るのか？」

「違う」

「ならいいだろう。高校時代に、浮いた噂のひとつぐらいは立てたほうがいいぞ」

「勝手な理屈、つけるな。安立と噂、デメリットしかない」

「なぜだ？　気は強いが、いい子じゃないか。なにか彼女にまずいことでもあったのか？　それが訊きたかったんだ」

「なにも。うざったいだけ。クラス委員、憎まれ役だし。嫌いなヤツ、多いはず」

「本人もそう言っていた。だが憎まれ役と本当に憎いのとは違う。ただ嫌いというだけで、非難めいた紙を下駄箱に潜ませたりするだろうか。非生産的だ」

やるんだよ、今どきは。いるんだよ、他人が苦しむようすを見て楽しむヤツが。生産性なんて考えてない。だから目立っちゃダメなんだ。

どう説明したら、このうかれジジイが理解するんだろう。

じいさんが刺されたのだって、目障(めざわ)りだったってだけの理由かもしれないんだぜ。

オレはうまく言葉にできなくて、黙りこんでしまった。それをどう解釈したのかじいさんは、そこでだ、と大声を出す。

「引き金になったものがわかれば、犯人もわかる。それをおまえと一緒に考えたい」

「なんでオレが」

「あの子がストレスで病気になったり倒れたりしたらどうする。クラス委員ができなくなるぞ。一時的だったはずの委員の仕事が、ぜんぶ俺に、ひいてはおまえにやってくるぞ」

「じいさんが、勝手に引き受けたんだろ」

「困るだろ？ 困るよな。ほら考えよう」

むちゃくちゃだよ、ジジイ。

オレは抵抗する代わりに、返事をせずにごはんをかっこむ。じいさんはかまわず話しだす。

「そもそもいつから、漫研に来なくなったんだ？」

「……さあ？ 夏休み明けから見てない」

「なにか事件はなかったか？」

「女子と話、しない」

「なんてもったいない」

「ジャンル違うから、わからない」

「漫画の話じゃなくて人間関係の話だ。誰かとトラブルにならなかったか？ 副部長に訊いた限りでは、まったくわからないとのことだが」

そこまでしたのかよ。やばい。絶対に怪しまれた。

「女子みんな、仲いい。きゃっきゃしてる。アイドル、漫画、どのキャラ推しとか、寄ると触ると、騒いでる」

推しとはなんだと問われたので説明した。好きってことだよ、推薦の推だよと。

「意見の相違で喧嘩にならないのか？」

「そこは現実と夢の区別、みんなついてる。そのへん、女子のが、リアリスト」

「なるほど。漫研の部室に来なくなっていたというから、漫研でトラブルがあった可能性が高いと思ったんだけどな。クラスの女子の人間関係はどうだ？　……航が知っているとは思えないが、わかる範囲で」

失礼だな。ある程度の派閥はわかってる。火の粉を防ぐのに必要だからな。安立は真面目グループのひとりだけど、どっぷりとは浸かっていない。諍いがあった記憶もない。

あれ？

「女子限定？　なんで？」

「スマホに書き込みをされたからだ。同じ非難の言葉が綴られていたそうだ。昼休みに、漫研の部室でショックを受けていた」

「SNSとか、メッセージが来た、じゃなく？」

そのときだけショックを受けていたのか？　下駄箱に入れられた紙は平然と握りつぶし

たという話なのに。

「直接、メモアプリに書かれていたそうだ。ロックを外すとすぐ見えるよう、アプリを開けた状態でな。四時間目は体育で、スマホは制服のポケットに入れたままだったらしい。女子更衣室に男子が入るのは無理だろう」

「パスコード、バレてたってことか」

「さすがにぞっとしたと言っていた。罪がどうとかいう文言はともかく、ほかにどんな情報を盗み見られたかわからないわけだからな。だけど放課後には気丈にも、これで女子の行為だと確定したと、凄(すご)んでたぞ。たいした子だな」

「なぜバレたか、言ってた?」

「いいや。うかつだったとしか。ひとまえで操作したんじゃないか? 俺に見せたときは、指紋で認証させていたが」

だとしたら、……もしかしたら。

「パスコード、訊いて」

「どうしてだ? それに他人には教えてくれないだろう」

「もう変えてるはず」

そりゃそうだな、とじいさんがうなずき、安立にLINEを送った。安立は嫌がっていたが、犯人の手がかりになると伝えさせると、数字を送ってきた。

「0229、だそうだ」

「やっぱり」

「航にはなんの数字かわかるのか？」

「わかる。引き金もわかる。安立は嘘をついてる。非難の理由、本人、わかってる」

じいさんが目を真ん丸にしていた。してやったという気分でいっぱいになる。

6　章吾

「安立さんは、入谷先生が好きなんだな。いや、内緒でつきあっているんじゃないか？」

安立は驚きのあまりうしろに倒れそうになっていた。机をつかんでこらえている。

正解だ。でかした！　航。

翌日、俺は安立を、早朝の漫研部室に呼びだした。運動部や吹奏楽部、演劇部は朝早くから来ていることもあるが、漫研はまず来ないと、航が教えてくれたのだ。

「そ、そんなことない」

態度でばれているのに、安立はまだ抵抗する。

「では0229とはなんの番号だ？」

「救急車の119をひとつずらした」

「微妙にずれていない。本当は誕生日だろ、入谷先生の。二月二十九日の閏日。だからオリンピックというあだ名がついた」

入谷は、オリンピックがあった年で、かつ、昭和の最後の年または実質最後の年に生まれたと、航も知っていた。昭和は六十四年までだが、七日しかないので、実質最後と表現するなら六十三年だろう。オリンピックの年だ。冬のカルガリーが二月半ばから、夏のソウルが九月半ばから開かれていた。そう、当時は冬夏が同じ年だったのだ。一〇〇メートル走が行われるのは夏季大会のほうで、そのころに這いずり、匍匐前進のようないわゆるズリバイをしはじめたなら生育状況にもよるが、生まれて半年ほどではないだろうか。昭和六十三年、一九八八年は閏年だ。入谷は、誕生日が四年に一度しか来ないからオリンピックと呼ばれるようになったのだろう。

「等々力から聞いた話だけど、安立さんは夜遅く帰ってくる一方で、近辺の商業施設では目撃されていないという。どこか遠くか、ひとめにつかないところにいるわけだ。ありがちなのは、恋人の部屋だろう」

安立は黙ったままだ。

「好きな人の誕生日をパスコードにするというのも、ありがちだ。だから昨日、安立さんはうかつだったと言った。犯人からなにを非難されているのか薄々わかっていたから、入谷先生のいる漫研から遠ざかることにしたんじゃないか？」

俺がそこまで言うと、安立は両手で顔を覆った。しばらくそうしていて、やっと手を外したときには、苦笑していた。

「悔しいなあ、鷹代くんにバレるなんて」

「どういうことだよ。俺なんかに、ということか？」

「恋愛ごとに疎そうだもん。うちの部の男子は、みんなそうだけど」

ずいぶん軽んじられたものだ。たしかに俺が観察して、航が推理して、ふたりがかりでわかったのだが。

「犯人の目星はついているのか？」

「入谷先生のことを好きな子。男子もありで。でも、昨日のことで女子だとわかった」

「一緒にいるところを、誰かに見られたのか？」

「細心の注意を払っている、つもり。ねえそれ、矛盾してない？　誰かに見られたってわかってるなら、その子が犯人じゃない」

「矛盾はしない。その誰かの友だちが犯人かもしれないじゃないか」

それもそうか、と安立が腕を組む。

「ところで入谷先生のどこがいいんだ？」

「全部。穏やかだし、頭いいし、顔もいいし、紳士的だし、粘り強いし、優しいし。去年、林先生が倒れてあそこのクラスでいろいろ問題が起きたじゃない。入谷先生の手助けで解決したこともあったんだよ。あたしは入谷先生のクラスだったから、ずっと見てた。自分も忙しいのにすごいなあ、って。鷹代くんの担任の先生は、なにかやってあげてた？」

と振られても、まったくわからない。俺は曖昧に笑って別の質問で答える。

「入谷先生は、安立さんが誰かに攻撃されていると知って、どうしているんだ？」

「伝えてないから知らない」

「どうして言わないんだよ」

「つきあうのをやめよう、って言われたくないから。先生と生徒の恋愛、本当はダメなことぐらいわかってる。先生は理性的だから、やめようと思ったらやめられる。でもあたしは無理。あたしはやめられない」

俺はまじまじと安立を見た。入谷とのつきあいは短いが、この間の、部誌の話をしていたときのようすから、たしかに理性的なタイプだと思う。だがこの子だって、じゅうぶん理性的だ。

「なによ。違うって言いたそうね。子供にはそういう気持ち、わからないでしょうけど」

四十六歳も年下の子供に言われるとは思わなかった。

「しかしつきあうのをやめないと、攻撃もやまないんじゃないか？」

「耐える。ぜーんぜん堪(こた)えてない。くだらない」

「入谷先生が攻撃されたらどうする？　学校や、教育委員会に密告されたらまずくないか。今までされていなくても、犯人が、かわいさ余って憎さ百倍という気持ちになったら？」

安立が俺を睨んできた。

「別れろっての？」

「違う。別れたふりをしたらどうだ？」

「ふり、ったって。目立たないようにしてるよ。漫研の子が犯人かもって思ったから、先生がいる可能性のある部室には行かない。数学の授業も手を挙げない。その程度にはね。つきあってることを公言していないのに、別れたと宣言することはできないよ」

「代理を立てるというのはどうだ？　誰か、別の男とつきあっているふりをするんだ」

「そういうの、あたし嫌い。その子に失礼じゃない」

やっぱり理性的じゃないか。だが八方塞がりだ。

「犯人を挙げる。結局それしかないね」

安立が肩を竦め、部室の時計をちらりと見た。そろそろ登校する人が増えてくるから、教室に戻ろうと言う。

「協力するよ。犯人捜しに」

「アイディアでもあるの？」

「ないけど」

安立が顔をのけぞらせて笑った。俺はなんとかアイディアを捻りだす。

「指紋を鑑定する、監視カメラを仕掛ける、罠にかける、そういったことかなにかをだな」

「罠以外は警察の介入が必要ね」

「刑事の知り合いならいるぞ」

「ああ、おじいさんの事件の？　あ、コンビニにいたおじいさんがそうなんだっけ。元気そうでよかったね。犯人って、まだ？」

俺はうなずく。あいつらはちゃんと捜査をしているのだろうか。まったく報告がない。

「噂をすれば影だ。いや、刑事ではなく、じいさんのほう」

俺のズボンのポケットで、スマホが震えていた。

「じゃああたし先に行く。罠のアイディア、思いついたら教えて」

手を挙げて応えた俺の耳に、航の声が飛び込んできた。

「バカやろーっ。クラスのＬＩＮＥ、のグループ、見ろ！」

「なにが馬鹿だ。おまえがアカウントを作り直したせいで、グループなんて入ってないぞ」

「バカってのはそっちじゃない。じいさんの行動！　とにかく見ろ！」

「どうやって見るんだ」

「誰かに頼め。オレだって他人の、盗み見た」

航は今、道向こうのコンビニで働いているはずだ。クラスメイトの誰かが、そこでスマホを開いていたのだろう。

待ってろ、と言って電話を切り、安立を追いかける。事情を話し、クラスのグループトークを見せてくれと頼むと、安立は、ついでに招待もしておくよと答えて、スマホのケースを開いた。指紋認証で画面を開ける。

「やだ……」

「ありゃりゃー」

寄り添って歩く俺たちの姿があった。昨日の帰り道を写真に撮られたのだろう。浮いた噂のひとつぐらいは立てろと航には言ったが、実際に目にすると、多少は動揺した。

「クラス委員のことで話があったから一緒に帰っただけ。誤解しないで」

安立は教室で、きっぱりと言い切った。俺も、そうそう、と答えたが同時に、にやついた表情をしてみせた。「代理」になってやってもいいと思ったのだ。

男女の噂は、否定したからといってそのまま受け取られはしない。昼休みには、漫研でも評判になっていた。普段はやってこない女子部員が、情報を求めて部室に来たほどだ。

これで解決に向かってくれれば、噂の立てられ甲斐もあるというものだ。

と、そこでスマホが音を鳴らした。

7 航

ふざけるな！　オレの身体を使ってなにをやってるんだ、このくそジジイ。

オレは怒り狂って叫びだしそうだった。なのにじいさんは、噂の火消しに努めるどころか、しばらく静観して犯人に伝わるまで待とうとメッセージを寄越してきた。いくら文句を書き連ねても既読無視だ。スマホを見ているオレに、店長も注意してきた。

　ここをクビになるわけにはいかない。すみません、と謝って、オレは仕事に戻った。

　だが頭のなかはぐちゃぐちゃだ。オレはどうなるんだ。じいさんのオモチャじゃないぞ。

　学校に入り込めないだろうか。シルバー人材センターの仕事や、高齢者ボランティアはどうだろう。今度、駅の駐輪場の洲本さんに訊こうか。じいさんの同級生だというし。

……待てよ、オレはあのおっさんを前にして、じいさんのふりができるだろうか。温めますか、千円になります、ありがとうございます、そんな定型の言葉は、十七歳でも六十三歳でも同じ調子で話せるけど。

　だめだ、このままでは。オレも本気でじいさんのふりを、大人の真似をしないと、じいさんから逃れられなくなる。矛盾してるような気がするけど、オレも変わらなきゃいけない、そういうことだ。変わらないままでいたら、じいさんの好きにされる。

　なんて考えている間に、店が混んできた。昼休みになったのだ。三台あるレジがフル稼働になる。弁当がどんどんなくなる。

　思いついたことがあった。客の波が途絶えるのを待って、店長に話しかける。

「出前って、しませんか？」

「なんの出前？　蕎麦屋の？」

店長がきょとんとしている。

「いえあの、えと、学校に、出張所みたいなのを作って。生徒に、喜ばれるかなって」

「ああ、そういう意味ね」

「売り上げも、アップかも、です」

オレが売りに出かければいい。そうすれば関わりも持てるだろう。

「鷹代さんは、ずっと工場に勤めてたんだっけ？　小売業は全然なの？」

店長が、にこにこしながら訊ねてくる。

「そうです」

オレ自身は、別のコンビニにいたけど。

「店のことを考えてくれてありがとう。でもダメなんだ。納入業者は決まっているから」

「納入業者？」

学校にコンビニなんてなかったぞ。

「お昼に、パン屋さんが売りに来てるんだよ。お孫さんに聞いてないかな」

あ、と思いだした。そういえばいたな。焼きそばパンやコロッケパン、惣菜系のパンが売られていた。

「だからうちの店、パンの仕入れを少なくしてるんだよ。期間限定なんかの特別なものは売れるけど、向こうにあるものは売れないからね。そうそう、いつだったか鷹代さんも、文房具を買いにきた先生に、職員室に備品がないのかと訊ねてたよね」

「えーと、はい」

「文房具などの備品も別の業者が入れてるから、備品と同じ商品は先生には売れない。生徒さん用に多少はあるけどね。ここにわざわざ足を運ぶ理由がある、価値がある、そういうものを置かないといけないんだな。チェーンのコンビニでもね」

以前バイトをしていたコンビニの店長は、そんな話はしてくれなかった。上におもねり、下に怒鳴る、それだけだった。

この店長、いい人なんだな、と思うと同時に、オレの頭になにかがひっかかった。

「足を運ぶ、理由」

「そう」

「向こうにあるものは、向こうで……」

「うん。……鷹代さん？　どうしたの？」

「わかった！　そうだ、だからだ！　あああ、そうだ。そういうことだ！」

オレは思わず叫んでしまった。店長がビビっている。

「すみません。一瞬、一瞬だけ、スマホ、使わせてください」

どうするか、とじいさんや安立と急いで相談した。――休憩時間をもらって。

じいさんと安立はすっかり仲良くなっているようだ。それはそれで怖い。安立の本当の相手は明かせないから、噂がひとり歩きしかねない。

安立は直接対決して問い詰めると言った。じいさんとオレは、物証が必要だ、という意見で一致し、なんとか説き伏せた。

オレの推理は、推理にしか過ぎないからだ。

そうして安立はオレたちの依頼で、あることをした。白昼堂々と、入谷先生にいちゃついたのだ。もちろん、あくまでじゃれつく子犬、女子高生のノリ、を装ってだが。

しかし目の前でそれを見せられた犯人は、たまったものじゃないだろう。

早速、ぴろぴろぴろぴろというドアの音とともに現れた。

「すみません。用紙、ないんですけど」

「え？　あ、申し訳ありません。すぐ参ります。……おかしいな」

尾田さんは客の呼びかけに大声で答え、最後の言葉をぼそりとつぶやいた。悪い。オレが抜いておいたのだ。

「オレ、やります！」

コピー用紙を手に持って、オレはそいつの前に立った。

「しばらく、お待ちください」

「そのサイズじゃなくて、Ａ４が」

「はい。順番に」

「ないのはＡ４。Ｂ４はあるの。この画面を見て」

「えーと、Ｂ４、Ｂ４」

ぽち。とオレはタッチパネルになっている操作部の印刷ボタンを押した。

「あー、ミスしました。こっちで処理を。お金はいただかずに」

オレはすかさず、排出されているＢ４の紙を奪い取った。やったぞ、と印刷面を見る。

――白い。

まだ原稿をセットしてなかったのか。

「なにやってるんです？　早くＡ４をください」

気づけば、背後に尾田さんが立っていた。はい、とＡ４用紙を渡される。他に客がいないからって、気働きが過ぎるよ。せっかく隙を突こうと思ったのに。

尾田さんがオレの制服の裾を持って引いてくる。コピー機から離れろ、客のプライバシーに配慮しろというのだ。しかしそいつは、例の文句の原稿を持っているはずなのだ。証拠をつかまねば。いっそ奪い取ってやろうか。でもそれをやっちゃったら、この店をクビになる。ぴろぴろぴろという音がしたが、オレの視線はコピー機の客に釘づけだ。正直、どうしてオレまで熱くなってるのかと腹立たしい。

そいつが、スカートのポケットから手帳型のスマホケースを出し、さらにそこから同じくらいの大きさの紙を出した。原稿ガラスに置き、操作部の同じ場所を何度もタッチしている。そうか、拡大か。じいさんが家に持ち帰った紙は、文字の細かい部分が潰れたりかすれたりしていた。あれはコピーをしたからだと思っていたが、拡大したせいもあったんだ。

「なにを取ってるんですか?」

突然、オレの——じいさんの声がした。

え? どうしてじいさんが。いつの間に現れたんだ。さっきのドアの音か? オレに任せたんじゃなかったのかよ。

「鷹代くん……。授業は?」

「さぼりました。それよりも大事なことがあるので。見せてもらいますよ」

オレの姿をしたじいさんが、さっと排出口の紙を奪う。なにするの、と女性が悲鳴を上げる。

じいさんが手を高く挙げた。こちらに紙の表を向けて。

――おまえの罪を知っている。反省しろ。さもなくばどうなるかわかるか――

よし。この目でしっかり見たぞ。

「やっぱりね。俺も同じものを持っています。彼女の下駄箱に入ってました。もらった、というか捨てておいてと言われたんですが。……どういうつもりですか？　奥山先生」

じいさんが冷たく告げた。

オレのクラスの副担任。いつも気弱そうにしている奥山先生が、顔を青くしている。じいさんはなおも続ける。

「いえ、どういうつもりかはわかっています。奥山先生もあの人のことが好きだからだ。去年、林先生が倒れて副担任の奥山先生にクラスが任され、不手際もあっていろいろ問題が起きた。フォローに入ったのはあの人だった。しかし、あの人は奥山先生の気持ちに応えられなかった。奥山先生は、その理由を知り、嫉妬(しっと)した」

奥山先生が、首を横に振る。

「……ち、違う」

「どう違います？　もしかして俺を委員に推薦したのも、彼女を困らせるためですか？」

こら、じいさん。それはオレが無能だと言ってるのか？　じいさんがたった今、得意そうに話した推理も、オレが考えたんだろうが。

奥山先生が、ここにコピーを取りにきた理由に気づいたのもオレだ。職員室にはコピー機がある。教職員がコンビニにコピーを取りにくる必要はない。なのにわざわざ取りにきたってことは、他人に見せられない原稿だからだ。

「それはあの。……外で話しましょう。ここではちょっと」

奥山先生がオレたちのほうを見た。そうか、じいさんも〝彼女〟とか〝あの人〟とか、曖昧な言い方をしていた。店の人間に、誰のことか特定させたくないのだ。

「我々はなにも聞いてませんよ。ねえ、尾田さん。鷹代さん」

はい、と店長の言葉に尾田さんが明るく答えるので、オレもうなずくしかなかった。どうしてオレがいないところで話を進行させるんだ。授業までサボりやがって。

ふたりが出ていく。ぴろぴろぴろのドアの音が哀しい。と、店長が肩を叩いてきた。

「鷹代さんは関係者なのかな。何度も、お孫さんに連絡をしていたようだけど」

「あ、はい」

「ちょっとだけなら」

店長が笑顔で外に向けて顎をしゃくる。オレは大きく頭を下げて、外に出た。

「――わたしは鷹代くんをクラス委員に推薦したけど、それはできると思ったからで」

「その話は脇道だ。本来のテーマは安立さんのことですよね」

本題は、まだ始まっていないようだった。

「おい、裏に行け。サボっておいて、堂々と姿を、晒すな」

オレが声をかけると、仕事はよかったのか？　とじいさんが訊ねてきた。

「少しだけ」

「そうか。航……いや、じいさんがコンビニで暴れると、バイトをクビになると思って」

「暴れねーよ。奥山先生、恥ずかしくないわけ？　生徒に嫉妬して」

あなたたちの関係は？　と訊ねられ、孫と祖父、と答えると、奥山先生はじいさんの姿をしたオレに向けて話してきた。

「わたしは忠告をしていたんです。大人ならおわかりですよね。教師と生徒の恋愛なんて、保護者に知れたらどうなるか。だからおじいさんも内緒にしてください」

「高校生でもわかる」

と答えたのはじいさんだ。オレもうなずく。詭弁もいいとこなのに、奥山先生はなお続ける。

「安立さんはわかってないんです。あんな頭のいい子が」

「だったら口で言えよ、じゃない、言えばいいだけです」

じいさんがイラっとした声になっていた。きっと怒鳴りつけたいんだろう。だけど相手は先生だ。オレの姿で怒鳴るわけにはいかない。

バカモノ！　と年長者——に見えるオレが怒るべきかとも思ったが、オレも先生が相手だと躊躇してしまう。オレは、じいさんが冷静ならこう言うだろうな、と想像して喋った。

「オレも、同じ考えですよ。変な紙とか、スマホにいたずらとか、大人のやることじゃないです。まずは話、でしょう」

「説得は試みました、入谷先生に。あなたの将来に傷がつくと。だけど先生は、だいじょうぶ、ちゃんと考えている、責任を取る、としか言わない。わたしがいくら話をしても、受け止めてくれない。入谷先生を止められないなら、安立さんを止めるしかないでしょう？　でも安立さんもまた、わたしの忠告を聞かないと思ったんです」

「だから脅したと？　あんな子供みたいな手口で？」

じいさんが詰め寄る。

「……周りの子に気づかれたんだって、そう思わせようと」

高校生をバカにするなよ、奥山先生。そんなだから、去年、林先生がいなくなったあと、クラスで問題が起こったんだ。

「それ、本心から思っているんですか？　違うんじゃないですか。自分の行為を正当化するために、自分に言い訳をしてるだけだ」

じいさんの言葉に、奥山先生が横を向く。じいさんは、奥山先生が取ったコピーを、見せつけるように掲げた。

「昨日、安立さんのスマホと下駄箱にこのメッセージがありました。ショートホームルームのあとの一時限目は、入谷先生の授業です。俺と安立さんが話していたのを入谷先生にからかわれ、安立さんは赤い顔で入谷先生を睨んでいました。あれは怒っていたんだろうけど、ふたりの関係を知っている人が見れば、痴話喧嘩のようにも受けとれる。ホームルームを終えたばかりの奥山先生も廊下で見ていてそう感じ、カッとなったんじゃないですか？　だいたいこのメッセージ、安立さんを諭すつもりだというなら、あらかじめこのサイズで用意しておいてもいいはず。そうしなかったのはなぜですか。わざわざ学校の目の前にあるコンビニでコピーを取るなんて」

「それは……他の人に、持っていることを知られないように……」

「万が一にでも誰かに鞄を見られたら、引き出しを開けられたら、という恐怖ですか。コピーを取りにくるリスクより、手元に持っていたくないという気持ちのほうが強かったわけだ。持ち歩いている原稿はメモサイズ。その大きさなら、いざとなれば飲み込めるからですか？　悪いことだってじゅうぶんわかってるじゃないですか」

じいさんが弁舌をふるった。気弱な奥山先生らしい考え方だよな。

「自覚、してくださいよ。自分の心に、歪んだものがあるって。嫉妬なんだって」

オレがそう奥山先生に告げたとき、六時限目の授業が終わるチャイムの音が聞こえた。

奥山先生をどうするかは、安立と入谷先生に任せることにした。そこから先は、関係者以外立ち入り禁止だ、とじいさんが言ったからだ。

もともとオレには関わりのない話だ。それはそれでかまわない。っていうか、関わらないままでいたかった。オレと安立の噂は消えてくれるんだろうか。

週が明け、安立はじいさんに顚末を報告した。伝える義務があると思って、と言ったそうだ。真面目な安立らしい。

入谷先生は安立の家に挨拶に行ったという。父親は仰天したが、母親はうすうす気づいていたそうだ。将来的なことも含めての話し合いの場が、設けられることになったらしい。安立は親の公認をもぎ取ると燃えているとか。もちろん周囲へは秘密を貫くことに変わりはない。

奥山先生がやったことについては、安立と入谷先生がつきあっていることと、奥山先生が安立を脅したことをバーターにして、互いにそれ以上は踏み込まないことになったそうだ。

「安立と入谷先生はともかく、奥山先生のおとがめなし、納得いかない。やったもん勝ちかよ」

オレがそう言うと、じいさんが本当にそう思うか？　と問うてきた。

「ふたりは奥山を許したわけじゃない。同僚からの信頼や、生徒からの尊敬を、奥山は丸ごと失ったんだ。心を入れ替えようがなにをしようが、失ったものは戻らない」

「偉そうだな」

「真理を説くのは年長者の務めだ」

「ふん。だいたい、入谷先生が安立に、奥山先生にバレたってことを、安立が入谷先生に、脅迫めいた紙がきたってことを、相談してたら、話、早かったんじゃないか」

オレの意見に、じいさんは、なにか思い当たったように笑った。

「そのとおりだ。だけど互いに、それを告げると相手が別れると言いだすのではないかと、心配だったらしい。自分は気持ちを止められないが、相手は止められると思ったんだな」

「くだらねえなあ」

「そういうものなんだよ、恋をしている不安な気持ちっていうのは。懐かしいなあ」

「まさか安立に、惚れてないだろうな。キモい。孫と同じ歳だぞ」

「思いだしていただけだよ。遠い日を」

そう言いながらじいさんは、オレの顔で緩い笑いを浮かべている。気色悪いな。

「思いだすなら、自分を襲った犯人の情報にしてくれ」

事件が起きてから、二週間半になる。警察からの連絡は途絶えていた。オレたちが入れ替わった原因を、犯人が知っているかもしれない。

なにか、なにか手がかりはないだろうか。

もうこれ以上、じいさんでいるのは嫌だ。オレはそのために、なにができる？

第四話・鷹代航は奮起する

1　航 vs. 章吾

鷹代航は焦燥感に駆られていた。

オレは、じいさんの姿から抜けだせないでいる。働いているコンビニでは歳の割に若いと言われたが、それでも六十三歳、目はかすみ、肌は弛み、くすんでいる。本来のオレと同世代の客からは、空気のように扱われる。

オレ自身も、コンビニのおばさん改め、尾田さんにはそんな態度で接してきたのだから、憤る資格はないのかもしれないが。

しかしこれはオレの姿じゃない。オレの人生はこれから、まだやっと十七歳のいたいけな少年なのだ。このまま余生とやらを過ごすなんてまっぴらだ。一刻も早く元に戻らなくては。

なぜオレとじいさんが入れ替わったのかわからないので、元に戻る方法も思いつかない。犯人や犯行の動機に、その原因が隠されているのだろうか。そんなありえないようなことさえ考えてしまう。いや、そこに一縷(いちる)の望みをかけている。だって、それがはじまりだったんだから。

そんなオレの思いとは裏腹に、じいさんは今日も能天気だ。オレの姿で学校に行って、オレのキャラを破壊しつつ、楽しく暮らしている。

そりゃあ楽しいだろうよ。寿命は延び、大人の知恵を持ちながら、人生をやり直しているんだから。オレから奪った人生だがな。

事件や犯人のことを思いだせないと言っているのも、元に戻りたくないための嘘じゃないかと疑うほどだ。

ただ、犯人が捕まっていないということは、もう一度狙われる可能性もあるということだ。

通り魔や、まったく関係ない誰かと間違えられたならその可能性は低くなるが、そうでない場合が問題だ。じいさん本人を狙ったのか、オレの服とキャップのせいでオレと間違えたのか、どちらだろう。警察はなにをやっているのか、さっぱり連絡がない。

ならばオレ自身の手で調べるしかない。ただ、どう調べればいいものか。

なんて考えながら、オレは自転車をコンビニの横手にある駐輪場に停めた。オレ自身の自転車はじいさんが通学に使っている。これは修理をしたかあさんの古い自転車だ。じいさんのスクーターは、オレには運転できないからな。

駐輪場から、表側のコンビニの入り口へと駆けこもうとした途中で、人にぶつかりそうになった。

すみません、とオレは反射的に頭を下げる。息を呑む声が聞こえた。

「……あの、お客さま？」

オレが顔を上げて訊ねると、相手は眼鏡の下の目を、バチバチと慌ただしくまばたきした。続いて会釈のつもりなのかあまりそう見えない仕草で、首をちょいと縦に振る。すぐに背を向けて、行ってしまった。

ちっ、客だからって店員にだけ謝らせるな。そっちもぼんやりしてたんだろ。

男性客だった。歳のころはオリンピックこと入谷先生と同じかちょい上ぐらいで、オリンピックとは真逆、うつむいて覇気がなさそうな背中だ。

「鷹代さんどうしたの？　険しい顔して。具合でも悪いの？」

ぴろぴろぴろという自動ドアの音とともに中に入ると、店長が話しかけてきた。

「いえ別に。人とぶつかりそうになって」

「そう？　気をつけてね。いっぺんに仕事を覚えてもらったし、負担がかかってはいないかな。なにかあったら遠慮せず言ってね」

店長が穏やかに言う。これは、店長の人の好さから出てきたセリフなのか、オレを年寄り扱いしているのか、どちらなんだろう。オレは、はーい、と生返事をして、レジ奥のスタッフルームに荷物を置き、制服を羽織った。

「あたしも遠慮せずに言っちゃっていい？　あたし、腰が痛いわー。鷹代さん、明日の早朝のシフト替わってよ」

尾田さんが、ぐぁはぐぁはとカエルのように笑いながら、横から口を出してきた。おっと、妄想が過ぎた。店のイメージカラーと同じ緑色の制服のせいだ。

「ええっと」

「鷹代さん、本気にしなくていいからね。尾田さんのはいつもなの。いざ替わってあげようとすると、アルバイト代を減らしたくないと言って結局働くんだから。それに鷹代さんは失業保険の関係で、そんなに長い時間は働けないんだよ」

店長が、後半を尾田さんに向けて言う。実は今日も、少し遅めの出勤なのだ。じいさんはいま、三時限目の授業を受けている時間だろう。

「確認しただけよ。鷹代さんが男気あふれる親切な人なのか、仕事は仕事と割り切る人なのか」

尾田さんは笑っている。

「ええ、その、どちらだろ」

「やだ鷹代さんったら困っちゃって、かわいい。癒し系」

尾田さんが手を空中で何度か振って、オレの肩を叩く真似をした。癒し系とはどういう意味だ。かあさんも含め、おばさん連中はなぜ理由もなく手を振るのだ。

返事に困り、オレは曖昧な笑みを浮かべた。尾田さんも笑顔で商品整理に向かう。一週間だけアルバイトをした以前の店とは違い、ここは穏やかな雰囲気の店だ。着心地の悪かった制服も、身体になじんできた。単に糊が利きすぎていただけだったのかもしれない。

しかしオレは、このぬるま湯に浸からず、犯人を捜すための計画を立てなくては。漫画のプロットを立てるのと同じだ。アイディアを練り、それを活かすための材料を集め、順序よくシーンを配置していく。今回の場合、シーンが「やるべきこと」だ。

犯人を捜す。そして元に戻る。諦めるな、オレ。

くそジジイめ。オレをあんたの好きにはさせない。

オレが主導権を握るんだ。

鷹代章吾も焦慮（しょうりょ）していた。

俺だけではない。焦（じ）れているのは漫研男子部員全員だ。合作漫画の進行が、この一週間、止まっているせいだ。

「小宮のヤツ、また既読無視だ。そろそろ印刷所に入れないと間に合わないのに」

放課後の漫研の部室で、等々力がスマホを握り、放り投げるように言った。美術部と漫研の両方に所属している二年生の小宮は幽霊部員状態で、俺たちと足並みを揃える時間がないため、背景を担当すると約束した。ところが、先週の休み明けに彼に原稿を渡して以来、進捗（しんちょく）報告さえない。

「背景ないまま本にしますか？　それとも僕らで引き取ります？」

一年生の三浦が、等々力のようすを窺（うかが）うように上目遣いで問う。

俺たちは部誌の仕上げに取りかかっていた。ちなみに、等々力のおおざっぱなページ把握のせいで、俺も原稿を出すことになった。俺、ではなく航が以前描いた作品をそのまま供出しただけだが。

突然訪ねてきた謎の少年は、未来から来た自分の子供だった。——という物語で、まあまあ面白いが、似たような設定の映画を観たことがあるぞ。航と以前、話題にした『転生』と同じように、妹の和枝に勧められて観たのだ。映画はもっといろいろ凝っていてな、などと思いだしてにやけてしまい、等々力が咳払いとともに睨んできた。

険しい表情のまま、等々力は言う。

「引き受けると言った以上、小宮にはなんとしてもやってもらう。約束を違えるなら部を辞めさせる」

等々力の気持ちはわからなくもないが、それは現実的な解決策ではない。約束を盾にしてもコマは埋まらないし、部員を減らすのも良くないだろう。

「まずは状況確認だろ。妥協点を見いだすべきだ」

「鷹代は理想論を言うが、小宮は状況確認さえさせないんだぞ。断固として糾弾する」

「おおげさだな。とにかく小宮に会えばいいじゃないか。あいつはもう帰ったのか？」

「多分。教室を覗いたがいなかった」

小宮と同じクラスの生徒によると、ここ数日、放課後はおろか、昼および休み時間さえも、チャイムと同時に教室から消えているそうだ。小宮の自宅は遠いと聞くが、こうなったら会いに行くしかないだろう。

あいつは帰ったのかという俺の問いに答えをくれたのは、ちょうど部室に駆け込んできた佐川だった。

「小宮の下駄箱に靴、あったぞ。きっと美術室だ」

「美術室？　なんだ。じゃあ俺が連れてくるよ」

立ち上がった俺の腕を、等々力と佐川が押さえてくる。

「行くならみんなで行ったほうがよくないか？」

「みんなで？　なにを言っているんだ、佐川。時間の無駄じゃないか」

というより、佐川が美術室を経由して小宮を連れてくればよかっただけじゃないか。

「鷹代こそなにを言ってるんだ。ひとりで行って取り憑かれたらどうする」

鳥？　疲れる？

頭の中で、文字と意味が結びつかなかった。等々力たちの表情を見て、やっと数秒後、憑かれる、祟られる、という意味を指しているとわかった。

「なにが出るんだ？　美術室だったら毎週、授業を受けているじゃないか」

俺がそう言うと、等々力をはじめとする全員が、目をぱちぱちとさせている。……ん？

俺の反応は間違っていたか？　航であれば知っていることなんだろうか。

「あー、と、なんだっけ。頭を打ってから、ところどころ記憶が飛んでいてさ」

「それ忘れるか？　出るのは……、幽霊だよ。鈴(すず)ちゃんじゃないか」

　佐川が顔をひきつらせている。

「鈴ちゃん？　女の子？」

「決まってるだろ」

　いや決まっていないだろう。

「美術室にか？　授業中にそんな話が出ていたかな。誰か怖がっていたか？」

「複数でいれば出ない。ひとりでいるところを狙われる」

「女子が他の子と一緒にトイレに行くのだって、トイレの花子(はなこ)さんに会いたくないからじゃないですか」

　等々力と三浦が、先を争うように言った。それ本当か？

「美術室に入るときも出るときも、必ず連れ立って動く。基本っすよ」

「それを知っていたから、芸術は音楽を選択したんだ」

　古田と、佐川も答えた。おまえはそこまで怖いのか？　佐川。

「わかったわかった。複数でいれば問題はないんだな。今は、小宮以外の美術部の部員も美術室にいて、小宮をこちらに連れてくると他の生徒に迷惑がかかるのかな」

　ばかばかしいと思いながらも、俺は訊ねる。

他の子はいない、と等々力が首を横に振る。

「小宮はひとりでも平気なんだ。むしろ幽霊を見てみたいって」

「あいつ、変わり者だから」

佐川も言う。

幽霊部員だけに、幽霊も平気なのだろうか。……関係ないか。

2 章吾

俺はひとりで美術室に向かった。全員で行くのは時間の無駄だし、小宮が美術室にいるのならひとりにはならないじゃないか、と説明したが、それでも奇異の目で見られた。

俺も小宮と同じく、幽霊など気にしない。この歳になれば、現世だけでなく、あの世の知り合いも多くなってくるものだ。

美術室は特別教室A棟にある。美術室に音楽室、化学実験室などの教室の並びだ。壁や床にあれこれと手を加えてあるようだが、教科独自の設備が必要なせいだろう、各教室は昔と同じ場所にあった。LED照明に換えたとみえ、昔とは比べ物にならないほど明るい。幽霊の付け入る隙などあるのだろうか。

等々力たちに聞いた鈴ちゃんとは、こんな幽霊だ。

美術室でひとり絵を描いていると、後ろから女の子の声が聞こえる。「もう少しここをこうすればよくなるよ」と。驚いて振り向くも、誰もいないという。

アドバイスをくれるとは親切な幽霊じゃないか、いっそ頼ってはどうかと言ったところ、アドバイスどおりに絵を直すと、その絵は彼女のものになり、消え失せてしまうと教えてくれた。だがアドバイスを受け入れないと、彼女は怒って怪我や事件などトラブルを与えてくるという。どちらに転んでも、声をかけられたが最後、逃れる手立てはないそうだ。

四十数年前、俺も美術部員だった。昼休みや放課後は美術室に入り浸っていた。教卓の左横にどんと居座るミロのヴィーナスの石膏(せっこう)像は、置かれた位置さえも当時と変わっていない。原寸大の全身像で、値段も高かったのだろう、決して触るなと言いわたされていた。窓際に設(しつら)えられたロッカーの上にも、昔と同じようにアポロやブルータスなどの胸像が並ぶ。ディオニソスは頭につけている葡萄(ぶどう)の房と葉が、デッサンしづらかったなと思いだす。

今、美術室は無人だ。イーゼルがぽつりと、教卓側からヴィーナスに向けられていた。窓から入る柔らかな光を反映した、ふんわりした絵が描かれている。小宮が描いたのだろうか。なかなかに見事だ。航からも、漫研の連中からも、小宮は美大志望だと聞いていた。

「もう少し影をしっかりさせたほうが、よくなるよな」

背後から声をかけられた。

つい、わっと声を上げてしまう。

「ごめん、怖がらせた？」

小宮だ。振り向くと、にやにやと笑っている。怖いかだと？　急に声をかけられたから驚いただけだ。なのに鈴ちゃんの幽霊に怯（おび）えたように思われてしまった。悔しいといったらない。腹立たしさに睨むと、なにを誤解したのか、小宮はより得意そうな表情になった。

「脅そうと思って隠れていたのか？　悪趣味だな」

「違うよ。ボクは美術準備室にいたんだよ。文化祭で展示する部員の作品をチェックしたり、作業したりしてた。珍しく人の気配があったから見にきただけ」

小宮が答える。

「美術準備室に？　市森（いちもり）先生もいたのか」

市森というのが、今の美術の担任だ。

「いや、扉の鍵を預かってるんだ」

「勝手に入っていいってことか？　美術準備室には、先生の私物や成績表なども置いてあるんじゃないのか？」

俺が高校生だったころの美術担任は老齢で、職員室より居心地がいいと冷蔵庫まで持ち込み、美術準備室を私室のように使っていた。たまにジュースもくれた。

「成績表のことはわからないけど、棚の鍵はかかってるし、先生の私物もないよ。市森先生も鈴ちゃんを怖がってて、授業以外では寄りつかないね」

市森は三十代半ば、本人は運動音痴だというが、柔道部かレスリング部の顧問と誤解されそうながっちりした体格をしている。

「鈴ちゃんというのは、市森先生でも怖がるほどの幽霊なのか。いや、そんな話をしにきたわけじゃない。漫研の合作原稿はどこまで進んでいるんだ。等々力もかなり怒っているぞ」

「申し訳ない」

と小宮は、さほど申し訳なくなさそうに言う。

「俺に謝っても仕方ないだろ。どこまでできているのか、残りの目途はどうなのか、そこが問題だ。部室に説明に来いよ」

「作業の途中なんだって。美術部もギリギリなんだよ。誰も手伝いにきてくれないし」

「原稿はどこにある?」

「そっち。美術準備室に置いてある」

「渡してから置きっぱなしじゃないだろうな」

小宮は、いやあ、と曖昧な笑いを浮かべ、俺を美術準備室へと誘(いざな)った。

美術準備室へは、教卓の右脇の扉と廊下側の扉の二ヵ所から入ることができる。小宮はごく当然といった顔をして、教卓の脇の扉から美術準備室に入っていった。俺が高校生だったころは勝手に入ることなどできず、美術室から先生に声をかけて入室する形だった。時代の変化なのか、市森と小宮の関係性ゆえなのかはわからない。

準備室といってもほぼ倉庫のようなもので、四畳半から六畳くらいの部屋の中央に作業台、奥に教師用の机、壁に沿って何本かの棚が置かれている。それぞれの位置は昔と変わらなかったが、机も棚も新しく、扉付きのものに換わっていた。残念ながらというか当然というか、冷蔵庫はない。確かめてみたところ、美術書が並ぶ本棚や整理棚、ロッカーなど、すべて鍵がかけられていた。

手前側にある美術部用と紙の貼られた棚だけが、真ん中から上半分の開き戸も、下にある三段の大きな引き出しも、施錠されていなかった。小宮が引き出しから原稿を出して見せてくる。

「あまり進んでないじゃないか」

呆れる俺に、小宮が半笑いで頭を下げる。同じ引き出しの中に、紙やテープがあり、絵の具、文具、などと書かれた箱などが入っていた。

なにをしていたんだ、と俺は周囲を眺めまわし、納得した。

作業台の上に、バケツと紙が置かれていた。ベニヤ板もある。

「ああ、水張りか」

水張りとは、主に水彩絵の具で絵を描く準備のために行う。ベニヤ板や木製パネルなどを土台とし、紙に刷毛（はけ）で水を含ませ、たるまないよう板に張ってカラーテープで隅を留めるのだ。そうすると紙の繊維に均等に水分が行き渡り、絵を描いたときのよれやたわみが発生しにくくなる。

「あと二、三枚用意しておこうと思って」

「ふうん。……え？　ということは、これからまだ描くわけ？」

俺の質問に、小宮が困ったような顔になる。

「作品の数を増やしておきたいと思ってさ。活動している証（あかし）として」

漫研と同じような理由だ。活動実績がないと、部がお取り潰しになるという。

「でも美術部だろ？　どんな高校にだってあるだろ。なくなりはしないんじゃないか」

「保証なんてないぞ」

そんな時代なのか？　と俺は小宮の言葉に驚いた。これだけ作品があってもかと、作業台脇の椅子の座面に並べられた絵を眺める。

「あれ、この絵……」

「その絵、いいだろ。鷹代、目が高いな」

俺のつぶやきに、小宮がすぐさま反応した。戸惑っていると、ピンクの色合いがどうの、パステルがどうのと説明を始める。

実のところ、俺はその隣に置かれた油絵の女性の肖像画に反応したのだ。しかし小宮は、額装されたパステルの風景画について熱く説明してくる。きっと小宮の絵なんだろう。まあいいか。目下の問題は、漫研の原稿だ。

「それはともかく、合作の話なんだが――」

「そうだ鷹代、ついでに手伝ってくれ。プリントアウトした紙をパネルに貼りたい」

「プリントアウト？　パソコンで描いた奴がいるということか？」

これこそまさに時代が違う。どうやってパネルにするんだろうと興味を惹かれた。家庭用のプリンターは我が家にもあり、主に娘の真知子が使っている。うっかり洗ったばかりの手で印刷された紙を触ったら、インクが滲んでしまった。水分を使った貼り方はできない。

糊かなにかを使うのかと訊ねると、シールのついたパネルが売られていると教えてくれた。

小宮が棚から出してきたそのパネルには、片面に剝離紙がついていた。剝離紙の下がシールになっていて、ぺたりと貼ればよいだけだという。商品名はハレパネというらしい。

「こんなものがあるのか、今どきは」

「今どき？　ずっとまえからあるんじゃないの？　高いから、入れ替えて使う備品のフレームのほうを優先してるんだけど、余りのフレームがもうないんだ」

小宮の言うずっとまえと、俺が思うずっとまえは、時間の長さが違うのだろう。

小宮はその後も、俺が原稿の話を持ち出すたびになんのかんのと作業を手伝わせた。ごまかされているとわかっていたが、俺としてはその作業や備品をいじることが、懐かしく、同時に新鮮だった。

3　航

「で、手、つけてない原稿、預かってきたわけ？」

オレはすっかりじいさんに呆れていた。なにをやっているんだ。

かあさんは今日も残業で遅い。ふたりで作った夕食を前に、じいさんと向かい合う。

「多少は下書きもされていた。それほどの作業量じゃない。食事が終わったら、航、おまえも手伝え」

「なんでオレが？」

「漫研に所属しているのはおまえだろ？　俺は美術部員だったんだ。美術部も窮地に陥っているとなれば、先輩としてなんとかしてやりたい」

どういう理屈なんだ。意味がわからない。たしかにオレは漫研部員だが、合作に協力する気などなかった。勝手に決めてしまったのは、じいさん、そっちだぞ。

「ふざけるな」

「ふざけてなどいない。どうせメシくったら寝るだけだろ？　手伝えよ」

「勉強してる。元に戻ったとき、困るから」

「感心だな。俺の孫とは思えない」

じいさんが、大盛りにしたごはんをかきこみ、うまかった、と満足そうに腹を叩いた。この身体は胃もたれをしなくていいなと、以前も言っていたっけ。本当に戻る気があるのだろうか。

「オレ、疲れてるんだよ。じいさんの身体、思ったより体力ない」

「そうか？　きっと、ジムに行けていないからだ。航、俺も元に戻ったときに困るから、体力作りをしておいてくれ」

「ジムは行った」

そう言うと、じいさんが本気で感心したような表情になる。

「マシンはなにを使った？　トレーニングメニューがあっただろ。今までと同じ重さの抵抗でも身体は動いたか？」

「運動しに、じゃない。話、聞きにいった」

「話？」

「じいさんの事件の犯人候補、トラブルとかないかの調査。あと遠回しに、アリバイ」

「ジムでか？　それはないだろう。インストラクターはみな親切だ。会員仲間も気のいい連中だ。あの中に、俺を刺したり殴ったりする暴力的な人間などいない」

「でも！　どっかに、いる！　じいさん、わかってんの？」

オレはつい、声を荒らげてしまった。

「誰かがじいさんかオレを殺そうとしたんだ！　また狙われるかもしれないだろ！　どうしてそんなへらへらしてられるんだ。事件のこと、まだ思いだせないわけ？　さっさと思いだせよ。それが一番早いんだからな。けど思いだせないなら、洗い出して整理するしかないだろ。過去になにがあったのか、なにを知っているのか知らないのか、そういう、いわば事実で、怪しい人間と怪しくない人間を分けるんだ。気がいいとか、暴力的な人間などいないとか、感覚なんかで分けてちゃダメだ。解決できないだろ」

じいさんがぽかんと口を開けてオレを見てくる。

「なに？」

「航、おまえ、単語じゃなく普通に話ができるじゃないか」

……そこ？

「興奮、したからだ」

「ああ、ああ。あのコンビニでのアルバイトも、訓練になっているのかもしれないな」

「……じいさん、いいかげんにしろよ。オレが言いたいのは、ちゃんと調査しようって」

「わかってる。わかってるよ。だけどなんだか嬉しくてな。航が人並みになってくれるのが、一番嬉しいんだよ」

オレの顔をしたじいさんは、目をうるませ、心底感動しているような表情だった。

人並みってなんだ？　それは誰が決めたことなんだ？　反発したい気持ちはあったが、じいさんの顔を見ていると、要らぬ心配をかけていたような気にもなって複雑だ。ともあれ、じいさんの言葉に乗っかった。

「オレらのこの状態、人並み、か？」

じいさんとオレを、順番に指さしてみた。とたんにじいさんは苦笑いをする。

「がんばるよ。がんばって事件当時のことを思いだす。で、どうだ。ジムには手がかりがあったか？　不審に思われなかったか？」

「ない。今のところ。でも時間を変えてもう一回、トライする」

わかった、とじいさんがうなずく。

「ところで残りの原稿だが」

「じいさん！」

「怒るなよ。俺だって当面の問題を解決しないと」

作業をしながら話をしよう、とじいさんは手早く食卓を片づけて原稿を出してくる。

やれやれ。まさかじいさんと向かい合って漫画を描くとは思わなかった。

じいさんが言ったとおり、小宮が担当する背景は、多少は下書きがされていた。資料になる写真もプリントされている。この間ちらりと見た、等々力の家のバーカウンターだ。

「この写真、自分たちで撮った？」

「佐川か等々力が撮っておいたものだが、それがどうした？」

「自分たちで撮った写真なら、そのまま使っても問題ないはず。ライトボックス、学校になかったっけ」

「なんだそれは？　紙ならいろいろ、美術室にあったぞ。イラストレーションボードとかいうちょっと分厚いのが、白いのもカラーのものも。シールのついた台紙もあった。最近は面白い画材がたくさんあるんだな」

「ライトボックスって、トレース台のこと。紙の下から光当てて、透かし描きできる。写真を下敷きに描けば、楽だろ」

「あるかもしれないが気づかなかったな」

「昼間に、窓ガラスに紙当てて、太陽の光、透かしてもいい」

写真の部分は後回しにし、手が付けられるところから描いていくことにした。オレが描くフリーハンドの絵は、じいさんの身体を使っているだけにまだ下手だけど、背景は定規を使うことが多いので、それなりだ。

「そうだ、当面の問題がもうひとつある。鈴ちゃんとかいう美術室の幽霊の話を知りたい。俺の学生時代には、そんな話はまったくなかったぞ。話題についていけないんだ」

じいさんが思いだしたように顔を上げる。

「ああ、十年弱前ぐらいの事実」

「事実？　幽霊の話をしているんだが」

「実際に死んでるってこと。美術部にいた女子が病気で。その子が鈴ちゃん。鈴木（すずき）だったか、鈴森（すずもり）だったか」

「その子が想いを残していたから美術室に幽霊が出るということか？　いや、出ると思われている、だな」

「面倒見、いい子だったって。後輩へのアドバイスが的確で、先生よりも。先生とそのへん、合わなくて、おまえの作品じゃないんだぞって、軽くバトって。先生、鈴ちゃんが死んだあと、転んで病院送り。治ったら今度、車の盗難に遭って。今の市森先生の前の前ぐらいの先生」

なるほど、とじいさんがうなずく。

「だからアドバイスを受け入れたら鈴ちゃんの絵になる、受け入れないとトラブルを与えてくる、という話が生まれたわけだな。その先生の事故にせよ被害にせよ、鈴ちゃんが死んだこととは関係ないだろうに」

「そんな真面目な話、学校でするなよ」

「どうしてだ。幽霊などいない。怖がる必要などないと知らせたほうが親切だ」

「本音じゃみんな、わかってる。けど、ノリ悪いだろ」

呆気に取られたような顔を、じいさんがする。

「ノリで怖がっているのか？　そうは思えない。等々力も佐川も、真剣な顔をして俺を止めてきたぞ」

「全部含めて、空気読めって話。小宮はそこ読まないから、変わってるヤツ扱いだ」

「美術担任の市森も、怖がっていると言っていたぞ」

「先生のは建前。そう言っとけば、美術部に関わらなくて済む。市森先生自身、なんとか展とかに、絵、応募してるし、時間、取られたくないわけ。運動音痴って言って、運動部関わらないのも、同じ理由」

ずいぶんだな、とじいさんがため息をついた。

「でも授業はきっちりやってる。教え方はわかりやすい。構図とかバランスのとり方とか、漫画の勉強にもなった」

「教師のプライベートも大切に、といったところか」

「それそれ。もともと絵を職業にしたかったって話、してた」

「そういえば俺のころの美術担任も、絵で食うのは大変だから美大じゃなく教育学部に進むように指導してきたなあ」

「え？　じいさん、美大志望だったの？」

「決めかねていたんだよ。絵を描くのは好きだが仕事にするのはどうだろうとか、子供の数がどんどん増えていた時代だから教師なら食いっぱぐれないだろうとか、あれやこれやと考えたんだ。学校に行ってるおかげで、昔のことをよく思いだすなあ」

教師にならなくてよかったんじゃないか？　じいさんみたいな適当な人間に教えられるなんて、生徒がかわいそうすぎる。

「時代といえば、美術部がなくなるかもしれない時代になるなんてなあ。あって当たり前だと思っていたよ」

「野球、サッカー、バレー、ない高校もある。今は少子化だからフツー」

「普通か。今、美術部には何人いるんだ？」

「四、五人？　ギリギリ。名前だけって子、多いはず。部活、どっか入らないといけないから」

「幽霊部員が大半か。やはり美術部もなんとかせねばな。先輩としての務めだ」

「これ以上、首、つっこまないでくれ」

じいさんの決意に満ちた顔を見ていると、言うだけ無駄のような気もしてきた。オレは元に戻ったときに、どれだけのものを背負い込んでいるんだろう。

4 章吾

航に手伝わせた合作原稿の背景だったが、その夜だけでは最後まで描きあげることができなかった。

「だから僕たちも手伝えと。それはわからないでもない」

等々力が言う。ありがとう、わかってくれて。

「だけど僕たちがどうして美術室に来なきゃいけない？　漫研の部室で描けばいいじゃないか」

等々力は不満げだ。それは三浦、古田も同じで、佐川にいたっては、居心地が悪そうに身を縮め、放課後の美術室を不安気に眺めまわしている。

航から、鈴ちゃんの幽霊のことは誰も信じていないが、周りに合わせて信じたふりをしている、と教えられた。だが佐川だけは本気で怖がっているようだ。そういう人間もいるだろう。みながみな、同じわけはない。

「小宮は自分の絵の続きを描きたい。だけど漫研部員である以上、漫研の手伝いも多少はさせるべきだ。だから俺たちがここで描く。ペンや筆など、美術部の備品も供出させる」

背景は、インクを付けて描くGペンや丸ペンよりも、ミリペンやフェルトペン、マーカーなどが扱いやすいと航が言っていた。修整用の白いポスターカラーに細筆も揃っている。

「あるものは使ってもらってかまわないよ。けどボクに気を遣わず、合作はみんなで進めてくれていいのに」

小宮が箱をふたつ手にして、美術準備室から出てくる。表に絵の具、文具と書かれていた。昨日引き出しで見たものだ。

「なにを言うか。担当すると約束した以上はサボるな。無責任だ」

等々力が怒りだす。

「悪い悪い。もっとラフな背景でいいのかと思ってたんだ。人物が予想以上に力作で、合わせるには時間がなくてさ」

言い訳くさい言い訳を口にする小宮を、等々力が睨みつける。

「ならもっと早く連絡すべきだろ」

「とにかく描こう！　描けば終わる！　な？」

俺はふたりを引き離した。素直な三浦が箱のなかから定規とペンを出し、古田が受け取っていた。佐川も諦めの表情で、席についた。

作業が中断したのは、市森がやってきたからだ。

「いつの間に部員が増えた……わけではないな。君たちは、漫画を描いているのか？」

「すみません。両方ギリギリで同時進行なんです」

小宮が頭を下げている。俺たちも次々に頭を下げた。おじゃましています、と等々力がことのほか真面目そうな声で言う。かまわないよ、と市森もうなずいた。

市森は、見慣れない人間をひとり連れていた。ジャケットを着ているがネクタイはしていない、五十代ほどの細身の男性だ。

「小宮くん、ちょっといいかな。紹介させてくれ。水口先生、彼がうちの美術部の部長の小宮です。小宮くん、こちら緑山学芸大学美術学部の水口教授。来月行う『先輩に聞く進路案内』で話をしてもらう予定だ。君にも手伝いを頼むだろうからよろしく」

あとで聞いた話だが「先輩に聞く進路案内」とは名前のとおり、卒業生が実際にどんな仕事をしているか講義をしてもらい、進路選択の一助とするものだそうだ。年に一度、数名ずつ来てもらうのだという。俺のころにはなかった行事だ。医師や弁護士、アナウンサーや警察官など、目立つ職業の要望が多いらしい。水口は大学教授の枠だそうだ。モノづくりの継承は必要だと思うが、派遣社員も多いうちの工場の仕事ではイメージがいまひとつなのか、俺がその進路案内を頼まれたことはなかった。

「今の美術部は、漫画が堂々と描けるんだね。僕が高校生のころ、部活の時間に隠れて描いてる子がいたなあ。美術部から分かれて漫研を作りたいという話も持ち上がったっけ。先生たちの頭が固くて、実現しなかったけれどね」

水口が笑顔で、先輩らしい口を利く。もっと先輩の俺がいることなど、水口は知るよしもない。元美術部員のようだが、年齢的に、水口と俺には接点がなかった。

「こちらの彼らは漫研部員で、今日は場所を借りているだけのようです」

「ボクは両方に属しています」

市森と小宮が、続けて説明する。

「そうなのか。じゃあ美術部は漫研に押されているのかな。うちの大学に入ってきた子に訊いても、漫画や映像関係のクラブのほうが人気だという話だが」

「いえいえ、うちの美術部はがんばっていますよ」

と市森が声を大きくする。小宮が一瞬、白けた表情になった。市森は部を良く見せたかったようだが、さほど美術室に寄りついていないという話だ。小宮から見ればそらぞらしいのだろう。

話題が目前に迫った文化祭の話に移った。市森が水口を美術準備室に案内し、小宮に命じて文化祭で展示する作品を作業台へと並べさせていく。昨日、俺も見た絵が披露された。漫研の連中もなんとなく彼らについていき、入り口近くでたむろする。

水口は、ほう、へええ、などと、感情豊かにそれぞれの絵に反応していた。俺が昨日、目に留めた肖像画にも、あれ、と声を上げる。

「この女性、どこかで見たような気がするね。モデルも美術部の子なのかい？」

「うちにこんな女子はいませんが。……小宮くん、これ誰の絵？」

市森に訊ねられ、小宮が誰かの名前を答えた。水口はまだ首をひねっている。

「ああ、そっちの絵はいいね。とても雰囲気がある」

水口が突然目を輝かせたのは、小宮が俺にもお勧めしてきたパステルで描いた風景画だ。昨日と同じく、いや何倍も嬉しそうな表情を小宮が見せる。

「ありがとうございます！」

「君が描いたのかな」

「は、はいっ」

小宮は興奮したのか、声がひっくり返っている。

「コンテストかなにか、出すといいよ。いいところまで行くんじゃないかな」

水口もにこにこしている。

「えー？　まじですか？　コンテストかあ、そんなにですか？」

「いいね、コンテスト。小宮くん、やってみろよ。最小の労力で最大の結果が得られるじゃないか。いい成績が手に入れば、美術部の活動実績になるぞ」

市森も持ち上げている。なるほど、たしかにそうだ。

「うん、いいよ、本当にいい絵だ。ただ……、そうだなあ、僕なら、家の色を紫系ではなく緑系にするかな」

水口が言った。小宮の絵は、桜の森にひっそりと佇む家を描いた、やや少女趣味なものだ。

「そうですか？　でもボク、このままがいいです。家が周りの木々に融けていくみたいなところがいいと思ってるので」

「小宮くん、せっかく専門の先生がアドバイスしてくださっているんだよ」

「はい、それはありがたいのですが、でも」

「いやいやもちろん、好みの問題だからね。ただピンクの中に紫だと、予定調和すぎるという感じがね」

と水口。

「ほらー、アドバイスは素直に受け入れたほうがいいよ」

小宮の絵を巡って、市森と水口が争うように話していた。

ふたりは、打ち合わせがあるから職員室に戻るという。職員室ではなく校長室と言っていただろうか、まあどちらでもいい。俺たちも美術室に戻り、再度原稿に向き直った。小宮もキャンバスの前に陣取る。

なんかなあ、と等々力がぼそりとつぶやいた。

「水口教授だっけ。あの先生のなかでは、漫研は美術部の下に位置してるのかな。漫研の勢力が強いことが気に入らないみたいだったけど」

「どっちが上か下かなんてないんじゃないか。現状どうなってる、程度だろう」

俺がそう答えたが、等々力の表情は納得していない。

「先生たちの頭が固くて、なんて言ってたけど、あんたの頭も年食って固くなってんじゃないの、って話だよな」

佐川が等々力におもねり、「小宮、おまえはどう思った?」と話を振った。

小宮はぼうっとしている。

「なんだよ、小宮。おまえは褒められたもんな。悪口は言いたくないってか?」

佐川が強めに言った。小宮は、え、と驚いて、慌てたように首を横に振る。

「違う、全然違う。ボクはただ、考えてたんだ。……絵を直すっていうその……、直すべきかな、直さないほうがいいのかなって」

「小宮が納得したほうでいいんじゃないか」

突き放すようだが、それが一番だ。

「いやいや鷹代。そう簡単な話じゃないよ。直せばコンテストでいいところまでいくかも、って普通考えるって。ま、贅沢(ぜいたく)な悩みだな」

からかうように、等々力が言う。

「僕はどっちもいいと思います」

「でも直さないと推薦しないとか、市森先生が言ったら?」

三浦と古田が続ける。小宮がまた考え込む。

「それはひどいだろ。俺たちが抗議する」

な、と俺はみなを眺めまわす。等々力が苦笑した。

「とりあえず僕らは手を動かそう。あ、トイレ行ってくる」

手を動かそうとか言いながらしょんべんかよ、と、等々力の行動に笑った。

俺たちは下校を促すチャイムが鳴るまで、ひたすら原稿に向きあっていた。

5 章吾

「あれー？　この額だけ、中身ないですよ」

異変を叫んだのは、三浦だった。

チャイムが鳴り、美術室の片づけをして、備品を入れた箱を美術準備室に戻したところで、文化祭で展示する作品が作業台に出しっぱなしだったと気づいた。小宮が作品を、美術部用の棚の上段の開き戸へと収めていく。俺たちも手伝っていた。

三浦が手に持ったものは、フレームだけだった。空の額、だ。だがさきほど、市森が水口に展示予定のものだと言って見せていたひとつだ。空のものなどあるはずがない。

「なにがないんだ？」

「これもしかして、さっきの小宮のパステル画じゃないか？」

佐川と等々力が、眉を顰める。

小宮が一歩遅れて、ええー？　と叫んだ。

「どうして？　ボクの？　え？」

叫んだあと、ぽかんと口を開けている。

「絵が消えるだなんて、鈴ちゃんの仕業だったりして」

古田が笑いながら言った。途端、よしてくれー、と佐川が身を震わせる。

「市森先生か、さっきの大学の先生が持っていったんじゃないのか？」

俺が現実的な意見を述べる。

「ああそうか。………でも中身だけ？」

納得しかけた等々力が、再び疑問に立ち戻っていた。たしかに。俺の考えは半分足りなかった。

とはいえ確かめておこうと、俺たちは美術準備室をざっと捜してから、揃って職員室にいる市森を訪ねた。廊下まで呼びだしてもらう。

「私は知らないよ。どういうこと？」

市森は即座に答える。状況の不思議さがわかっていないのかもしれないと、等々力と小宮がもう一度説明する。

自分たちが美術室で作業をしていた間に、美術準備室に置かれたままだった絵が、フレームを残して消えた。その間、自分たちは美術準備室に入っていない、と。

「扉の鍵はかかっていたのかな？」

市森が訊ねる。

「開いたままです。市森先生もかけてはいませんよね」

市森は眉を顰めた。小宮の言葉を、非難とでも受け取ったのだろう。

「君たちが隣にいたからね」

「おいおい、小宮くん。水口教授はもう帰られたんですか？　水口教授が絵を持っていくはずがないよ。そんな失礼な話、訊けるわけがない。どちらにせよ明日にしたらどうかな。もう下校の時間だよ」

市森が、暗くなった廊下の先を示すように、視線を投げた。

「見つけておかないと気持ち悪いですよ」

俺は抵抗する。漫研のみながうなずいた。市森は首を横に振る。

「見つかるまで帰らないつもりなの？　絵は、どこかに紛れているんじゃない？　明日ゆっくり捜せばいい」

「紛れるもなにも、フレームは残っているんです。中身だけ外されてるんですよ。誰かが外したってことじゃないですか」

等々力がしつこく念を押す。市森のことなかれ主義が気に入らない。そんな気持ちを、俺たちはみな持っていたのだと思う。

「誰かのいたずらってことかな？　扉が開いていたなら、誰にだっていたずらはできるよ。その子だってもう帰ったんじゃないかな。ともかく今日はそのままにして、明日にしなさい。鍵、受け取っておくよ」

　小宮が市森へと渡しかけた鍵を、俺は奪い取った。

「荷物、そのまま置いてあるんです。もう一度戻しにきますので」

　時間がないぞ、急げ、と言いながら、俺たちは美術準備室に戻った。フレームの中に入っていた絵は、B5ほどのサイズで、厚みは一般的な画用紙と同じくらい、粗（あら）めの紙質の水彩紙だそうだ。どこかに紛れる、落ちている、という可能性もあると、床、棚、の順に見ていった。棚の鍵は、上半分が開き戸で下半分が引きだしの、美術部用のもの以外は全部かけられていた。棚の下に滑（すべ）り込んでもいないようだ。

「本の間に挟まってるかもしれないですね」

　三浦がそう言って、置かれていた雑誌を片端から、ページを下にして振る。挟まっていたら落ちてくるはずだが、どこにもなかった。

　等々力が大きなため息をつく。

「なんか、無駄なことをしている気がしてきた。紙で、B5ほどだろ。極端な話、折り曲げてポケットにでも入れてしまえばわからないんだから」

ないですよ、と言って三浦がズボンの両脇ポケットの裏布をべろりとつまみ出す。慌てたように古田が、残りのみなも、全員でおなじことをした。小宮もだ。等々力が苦笑する。

「ポケットじゃなくても、腹のとこに入れるとかなんでもできるし、……やるなよ三浦」

三浦がシャツをたくし上げている。

「パンツの中に入れていたら勝新太郎だな」

茶々を入れた俺を、なんの話だそれは、と言わんばかりの顔で全員が見てきた。知らないのか。昔、パンツに麻薬を隠しているとしてハワイの空港で捕まったんだぞ。いやもしや、勝新からして知らないのか？　最近覚えた言葉を贈ろう。ググれ。

「僕が言いたいのは、どこに隠せるかって話じゃなくて、扉の鍵が開いているから誰にでもチャンスがある、誰がやったか動機から考えたほうがいいんじゃないの？　ということだよ」

等々力がみなの顔を眺めまわす。

「だけどみんな、隣の美術室にいたんだぜ？」

佐川の顔が青いのは、幽霊の可能性を念頭に置いているからかもしれない。

「誰も言わないから自分で言うけど、僕はトイレに行った。その隙にこっそりこっちの部屋に入ることができる。でも僕だけじゃない。全員、バラバラに、一度はトイレに行ってたよな。全員にアリバイのない時間はあるよ」

「だけど誰がそんなこと、するっていうんですか」

　等々力の説明に、三浦が問う。

「誰か理由の想像がつくヤツいるか？」

　等々力が質問に質問で返す。誰も発言せず、気まずい空気だけが流れた。

「ここにいる人だけで、考えないほうがいいんじゃない？」

　小宮がぼそぼそと言った。

「そうっすよ。廊下側の扉の鍵も開いてたんだから。市森先生が言ったように、誰かがいたずらしてやれと思ってやったんじゃないすか？」

「わざわざ美術室に来たがるヤツなんているのか？　鈴ちゃんが出るかもしれないのに」

　古田の気遣いを、佐川が潰した。おまえはいいかげん幽霊から離れろ。

「市森先生の可能性もゼロじゃないな」

　俺は鍵がかかったままの棚を見つめた。市森なら、俺たちが手出しできない棚に隠すことができる。棚やロッカーの鍵は、美術部用のものを除いてすべて市森が持っているということだった。

「冗談キツイですよ、鷹代先輩」

三浦が顔をひきつらせている。そうだよな、先生だものな。素直な三浦らしい反応だ。だけど教師だってひとりの人間にすぎないことを、長く生きている俺は知っている。最近もひどい目に遭ったばかりだ。直接の被害者は俺ではないが。

あっ、と古田が廊下側の扉に目を向けた。市森が不愉快そうな表情で立っていた。聞かれてしまっただろうか。

「早く帰りなさいと言っただろう。鍵は預かるからもう行って」

市森が右手を差し出してくる。

「すみません、先生。残りの鍵がかかってる棚とロッカー、開けてもらえませんか？　確認したいので」

俺は思い切ってそう言った。聞かれていたのなら同じだ。たとえ市森の拳骨(げんこつ)が降ってこようとも構うものか。航が知ったら激怒するだろうが、そのときはそのときだ。

市森はうんざりとした表情をした。

「生徒が見るようなものは入っていない。私が小宮くんの絵を隠したと思ってるようだけれど、そんなことをする理由などないよ」

「理由はともあれ、確認するのが一番早いんじゃないですか」

「見せられないものが入っている、と言ってるんだ。それに、早いもなにも、今からかね。生徒の帰宅時間は過ぎている。職員室以外を無人にしないとセキュリティの問題があるんだよ」

やれやれ。夜の学校に忍び込むことができない時代なのか。

「すみませんでした。帰ります」

小宮が頭を下げた。等々力も倣う。佐川が俺の腕を取り、帰ろうと促してきた。しかし俺にも意地がある。市森を見つめた。

「時間が遅いことが問題なら、こうしませんか？　市森先生は棚とロッカーの鍵を俺たちに預ける。俺たちは全員でここを出て、扉の鍵を先生に渡す。それなら俺たちは部屋の中に入れないから棚を開けられないし、先生も鍵がないから棚を開けることができない。明日の朝早くに、全員で中を確認する」

市森は面倒そうにため息をついた。

「それで気が済むならかまわないよ。でも、個人情報は絶対に見せられないから、そこは納得してくれ」

市森の言葉に、わかりました、と俺はうなずいた。

6 航

「オレはもうおしまいだ……」

じいさんの今日一日の話を聞いて、オレは怒るという感情を突きぬけてしまった。なにが拳骨だよ。粋がってんじゃねえよ。教師が生徒を殴ったり、その逆があったりしたら、今は大問題になるんだからな。そうそう殴るわけないだろ。

今日はかあさんが残業なしで帰ってきたため、オレたちはふたりで、本来の航であるオレの、二階の部屋に籠もった。かあさんは、最近気持ち悪いくらい仲がいいのね、と首をひねっている。

「おおげさにとらえるなよ。棚の中を見せてくれと頼んじゃいけないのか？　もしも明日、その棚から小宮の絵が見つかったら、俺はヒーローだ。つまりおまえがヒーローだ。今日だって、漫研の子たちが俺を見る目が違っていたぞ。最近おまえすごいよな、ってな」

じいさんがなだめてくる。すごくカッコいい、じゃなく、すごくバカ、って言われているのかもしれないぞ。

「鍵を預けた、ってことは、自信があるってこと。市森先生じゃない、ってことじゃない？」

「いいや。どこの会社でもそうだが、鍵というのはたいてい予備がある。夜のうちにこっそりと棚の鍵を開けにくるかもしれない」

え？　とオレはじいさんを見つめた。ということは。

「それ、意味なくない？　夜のうちに隠されたら終わり」

「聞けよ。そう思って、あらかじめ髪の毛を扉に渡して貼りつけておいた。昔、スパイ映画で見たんだ。その上で取引を持ちかけた。つまり俺は、罠をしかけたわけだ」

どうだとばかりの得意そうな顔に、頭を抱えるしかない。

「だいたい、なぜ市森先生？　動機は？」

「嫉妬だ。俺はこれが、世の中で一番根の深い動機だと思っている」

「なにに嫉妬？　先生と生徒だぞ。属するカテゴリー、違う」

オレにだって嫉妬心はある。小宮は格段に絵が上手く、悔しいほど羨ましい。

「大人の嫉妬は醜(みにく)いぞ。他人の手柄を横取りする、蹴落とす、罠にかける、そういうことにためらいをなくすものがいる。学生ならまだ伸びしろがあり、余裕があるだろ。だが大人になって、自分にもう伸びしろがないことに気づくことがあるんだ。上の立場にいるものがそれに気づいたとしたらどうだ？　自分は下の人間よりも上でいなきゃいけない、って思わないか？」

それってあれか。たまに耳にする、マウンティングってやつかな。

「伸びしろ、……伸ばせばいいんじゃない？」

「いい質問だ。どうやって伸ばす？」

じいさんがしたり顔になる。

「さあ？　勉強とか？　練習とか？」

「正解だ。だが残念ながら大人には、その時間がなかったり、努力しても限界がきたりするんだよ」

「それが市森先生の動機？　小宮の絵の上手さに嫉妬ってこと？」

「褒められたことに、かもしれない。市森もなんとか展やコンテストなどに出展しているんだろ？　小宮は、コンテストでいいところに行くだろうと言われた。しかし絵は変えたくないと抵抗した。その生意気さも含めて、自分にはないと嫉妬したとしたらどうだ」

じいさんは、絵が消えたと報告したときの市森先生の反応も説明した。まったく驚いていなかった、と。けど、とオレは思う。じいさんは、奥山先生のことがあったせいで、教師全員を斜に見てるんじゃないの？

「市森先生、あんま美術部のことに熱心じゃないから、興味なかった、だけじゃない？　なによりじいさんの言った動機だったら、隠すんじゃなく、捨てる。ゴミ箱、……はバレたら困るから、トイレで破いて流すとか、家に持ち帰るとか」

「たしかにまだ棚にあるとは限らないな。うーん、この鍵も無駄になったか」

じいさんが机の上に、名札をつけられた鍵を置いた。美術準備室ラテラルAとかBとか書かれている。どうしてじいさんが預かってくるんだよと、ますます苛立ちがつのった。

「それ、オレたちとなんの関係、あんの？　絵の一枚ぐらい、なかったからどうだっての？」

「絵の一枚ぐらい、だと？　航、おまえも絵を描く人間だろう。なんてことを言うんだ」

う、と言葉に詰まった。たしかに「一枚ぐらい」は失礼だ。カッとなってバカを言った。ただ、オレの立場を悪くしてまで主張することだろうか。

「ごめん。でもオレたちが今一番、考えるべきこと、オレたち自身のことじゃない？　狙われたのはオレなのか、じいさんなのか。オレは今、ジムからこつこつ、調べてる」

「成果はあったのか？」

「ないよ」

昨日は会えなかった人にも会ったけれど、じいさんが人気者だったということしかわからなかった。なかでも女性会員にもてていたらしい。信じがたいことだが、たまにじいさんが言う、俺は周囲に慕われていたというのは、あながちホラ話ではないのかもしれない。

「そりゃ、成果はないだろうなあ。俺の周りにそんな奴はいないはずだ」

「その思いこみを、はずだ、って感覚を潰してくれ。事実だけ見てくれ」

「事実を見ようとしたからこそ、市森を疑ったんだ」

「だーかーらー、小宮の絵から離れろって。余計なことに首をつっこまず、オレに対して悪意を持ってるヤツ、学校にいないか、探してくれよ」

そうだなあ、とじいさんは考え込む。

「おまえ、あまり目立つほうじゃないからなあ。いるんだろうか」

「目立たないほうだけど、それでも」

「お。自覚してたか！」

じいさんが大声で笑った。いっそその口を塞いでやりたい。そうしたら元に戻らないだろうか。オレの身体が死ぬだけだろうか。

「……犯人も重要だけど、オレたちの身体、戻す努力も、しなきゃいけなくない？」

「そうだな。そろそろ一緒に、階段から落ちるか？　俺の身体は回復したか？」

オレたちは連れだって、オレの部屋を出た。

階段の手前で、じいさんと顔を見合わせる。うちの階段は、玄関から二階の廊下へ向けてストレートに一直線だ。上から玄関のようすを確認し、危険なものが置かれていないことをたしかめた。

「お先にどうぞ」

じいさんが言う。

「オレが先に行くってことは、じいさんの身体、先に行くってこと、わかってる？」

「わかってはいるが、なかなか決心がな」

どうぞどうぞと、どこかのコントのようなことをしばし繰り返し、オレたちは、せーの、と階段を同時に滑り落ちた。足からではなく頭から落ちないと意味がないのではと気づいたときにはもう遅い。

「ど、どうしたのっ――？」

激しい音とともに一階に到着すると、かあさんが悲鳴を上げてやってきた。

「喧嘩したの？　なんなの？　怪我はない？　痛いところは？」

「なんでもないんだ、真知子」

「なにが真知子ですか！　航、ふざけないで！」

というかあさんの言葉で、オレは作戦の失敗を悟った。オレの目の前にオレが、つまりじいさんがいる。

「ごめん、だいじょうぶだ」

オレもかあさんに声をかけ、身体を起こした。尻で滑り落ちた形になり、じいさんの尻に厚みがないせいか、かなり響いたが、骨折はしていないようだ。湿布でなんとかなるだろう。オレの姿をしたじいさんは、軽やかに立ち上がっている。

「なにがだいじょうぶですか。だいじょうぶなんかじゃありません。やっとお父さんも身体が治ってきたのに。……死んだらどうするの」

かあさんが泣きだした。頼りなげに肩を落として、子供のようだった。

「ごめんなさい。ちょっと足を滑らせただけ、なんだ。それをじい……、航が、助けようとしてくれて」

「あ、ああ。助けられなかったけど」

オレとじいさんが慌てて言い訳をする。

「本当に、……本当に気をつけてよ。航も、お父さんも……ふたりに……、ふたりになにかあったら、わたしもう……」

ぐすぐすと鼻を鳴らすかあさんに、じいさんが言う。

「だいじょうぶだ。死んでも幽霊になって、真知子のそばにいるから」

「航？」

「あ、いや、かあさんのそばに」

「そういうことじゃないの！」

「なんだよ。怖いのかよ、身内の幽霊が」

「違うでしょ。死ぬなんて軽々しく言うもんじゃありませんっ」

かあさんが怒るのも当然だ。いきなり幽霊はないだろう、じいさん。どうせ美術室の幽霊、鈴ちゃんからの発想だろうが。……待てよ、美術室の幽霊？

「なあ、美術室の幽霊のこと、だけど」

オレはじいさんに言う。

「美術室の幽霊？　おまえまで鈴ちゃんが、小宮の絵を消したと言うのか？　佐川でもあるまいし」

「そうじゃなくて、鈴ちゃんの正体、わかった気がする」

「正体？」

オレたちの肩を、かあさんが一方ずつ持って引き離した。

「ふたりともなんの話をしてるの？　お父さんは早く寝なさい！　航は上に行って勉強で

す！　そのまえに湿布！」

かあさんが寝てから、オレたちは一階にあるじいさんの部屋で再び落ち合った。もう一度、昨日と今日の美術室及び美術準備室でのできごとを、隅から隅まで話してもらう。

じいさんは、とある絵の話をした。小宮の絵ではなく、引っかかっていたという油絵――女性の肖像画だ。

「どうしてそれ、言わなかった？　めっちゃ重要じゃないか」

「関係ないと思ったんだよ。航も聞く耳を持ってなさそうだったし」

オレのせいかよ。勝手な言い草だな。

「それ、鈴ちゃんの正体と絡む。オレ、思うんだけど――」

オレは、じいさんに推理を披露した。じいさんの顔が、納得の表情に輝いていく。

「でかした！　航！」

じいさんが深夜にもかかわらず、叫ぶ。

慌てて口を塞ぐと、じいさんがオレの顔でにやにやと笑っていた。オレも、同じ表情をしているような気がする。

7　章吾

　翌朝、俺たち漫研部員、等々力、佐川、三浦、古田、そして小宮は、美術室前の廊下に集合した。少し遅れて市森がやってくる。

　市森が美術準備室の鍵を開け、俺が預かっていた鍵で棚とロッカーを開ける。一応、貼りつけておいた髪の毛も確認した。昨夜のままだった。

　市森が見ているなかで、手分けをして再びパステル画を捜す。ふたつあるロッカーの中には、古い絵が何枚も積まれている。キャンバスに張られた油絵や、反り返った紙の水彩画があった。埃（ほこり）がなかったので間に挟まっていないか見ていったが、残念ながら見つからない。

「ここにはなかった、ということがわかったね。これでいいかな」

　市森が言った。個人情報だから見せられないと言っていた場所に収められていたのはファイルで、中を確認することはできなかったが、俺たちはバラバラとうなずいた。

　先生、と俺は声をかける。

「申し訳ありませんでした。昨日は、絵が消えたことに驚いて、鈴ちゃんの幽霊の噂もあるしと、パニックになっていたんだと思います。市森先生を疑うような発言をしたこと、反省しています。許してください」

しっかりと頭を下げた。謝らなくてはいけないときにはきちんと謝る。それが大人の行動だ。航のためでもある。遺恨を残してはいけない。

「……あ、いや、頭を上げなさいよ。鷹代くん」

見上げた市森の表情は、驚いたようにも、どこか誇らしげにも見えた。

「本当に失礼いたしました」

これからもご指導ご鞭撻のほどを、と続けそうになって口を噤む。さすがに慇懃無礼だろう。

「気にしていないよ。すべての可能性を考えようと思ったんだろう。わかるよ」

うん、うん、と市森は小さく二回、うなずいた。俺から小宮へと視線を向ける。

「どうするね、小宮くん。全校生徒に絵のことを呼びかけてみようか。もちろん、水口教授のアドバイスを受け入れて、もう一度全面的に描き直すという方法もあるよ」

「考えてみます。ありがとうございます」

小宮も頭を下げる。

「そうだね。小宮くんなら、さらにいい絵が描けると思うよ」

じゃあ朝のミーティングがあるから、と市森が行ってしまった。棚とロッカーの鍵は市森が持っていき、美術準備室の鍵は再び小宮に渡された。

すっきりしない空気のまま、俺たちも解散した。

こっそりと、俺はＬＩＮＥを送っていた。昼休みの美術室で落ち合う。

俺が学生だったころと違い、鈴ちゃんの噂のせいで、誰も美術室で昼食を摂ろうとしない。放課後も、部活動はほぼないに等しいという。

平気な顔で美術室にいるのは、小宮ただひとりだ。

「鈴ちゃんのことを怖いと、少しも思ったことはないのか？」

「鷹代だって平気そうだ。以前からそうだっけ？」

俺は曖昧に笑ってみせた。

「佐川のような怖がりを除いて、本当は誰も、本気で鈴ちゃんが出るなんて思っていない。そういう空気があるから従っているだけだ。俺も以前は従っていたけれど、いろいろ思うところがあったんだ。じいさんが刺されたことがきっかけかな」

「ああ、鷹代のおじいさん、学校の前のコンビニで働いてるって聞いた。元気になってよかったね」

小宮が邪気のない笑顔を見せてくる。俺はありがとうと答えた。

「もしも、じいさんが幽霊になって出てきても、俺は怖がらないだろう。身内の幽霊だから。空気に従ってきゃあきゃあ騒ぐのも失礼だと感じる。むしろ、会えるものなら会いたいんじゃないかな？　なあ、小宮。小宮もそうだろう？」

小宮が目を丸くする。やはりそうか。航が考えたとおりだ。

「どこで気づいた？」

「いろんな要素が重なってだ。小宮が平気な顔で美術室にいるから、というだけじゃない」

そうか、と小宮が感慨深げに言う。

「鈴ちゃんは叔母にあたるんだ。死んだときはまだ十八歳だったから、叔母さんじゃなくお姉ちゃんって呼んでたけど、母の一番下の妹だ。絵が上手で、ボクもよく教えてもらった。鈴ちゃんの噂のシチュエーション、覚えてる？　面倒見がよくて教えるのもうまくて、っていうの。でも先生とトラブってたなんて話は、ボクらは聞いていない。ちょっとしたできごとが、針小棒大に言い立てられただけじゃないかな。もちろんそのあとの先生の事故や被害なんて、まったく関係ない」

当然だ。死んだ人間が、生きている人間に直接害を与えるなんて、できるはずがない。

「なんで幽霊として出てくるなんて話になったんだ？」

「それもよくわからない。だけど叔母が絵を描くことや生きることに未練を残していたのはたしかだし、病気で一年休学して学年がずれたせいで、教室より美術室にいることを好んだのもたしかだ。誰かが、鈴ちゃんならここに出てくる、なんて思ったのかもしれない。ボクは、いるならいさせてあげたいと思ってる」

「会いたいか？」

「そう……だね。ボクもここが好きだ」

小宮が美術室を、ゆっくりと見回す。

どこかにいるのかもしれない女子生徒を捜して。

「さっきの、気づいた理由、いろんな要素の話をしていいかな。美術準備室に入っても？」

「どうぞ。ボクの部屋じゃないけど」

「小宮の部屋にしちまえよ。市森先生は教え方はうまいが、楽なほうを選ぶというか、自分は自分、きみらはきみらで好きにしててくれ、という感じだろう？」

航から聞いていた話をそのまま口にする。市森は悪い奴ではないのだろう。熱血教師じゃないだけだ。

「市森先生の教え方ねえ。悪くないけど、画塾の先生のほうが何倍もうまい。ボクが言うのは失礼だけど、先生もボクに対して指導しづらいんじゃないかな」

苦笑するしかない。美術にせよ音楽にせよ、芸術関係は、普通の大人と優秀な子供の間で逆転現象が起こる。

「小宮が美術部をなくしたくないのは、鈴ちゃん、叔母さんのためなんだな。だからここにいるし、部の存続のためにがんばっている」

「まあね。他の高校だったら美術部にこだわる理由はないよ。美大に進学するために画塾で描くだけ」

「今いる部員も、名前を借りているんだよな？　一昨日、昨日、それから今と三日も来てるのに、誰の姿も見ていない。そんな部員が、文化祭のために絵を提出してくるか？」

えーと、と、小宮が曖昧な笑みを浮かべる。

俺は、美術部用の棚の中から、目当ての油絵を出してきた。一昨日から気になっていた女性の肖像画だ。

「これ、誰が描いたって言ってたっけ」

小宮が、知らない誰かの名前を答える。

「じゃあこの写真、見たことある？」

　俺はスマホに、ある女性の写真を表示させた。油絵と同じポーズの写真だ。小宮が目を見開き、鯉(こい)のように口をぱくぱくと開けては閉じる。

「四十数年前に一世を風靡したアイドル。シンシアって愛称だ。ググってみろよ。他にも写真が出てくるから」

「な、……なんで、四十数年前？　鷹代？」

「じいさんがファンだったんだ。古い雑誌、見せてもらってさ。昨日の大学の、水口教授だっけ、あの人も見覚えがあると言っていただろ。五十代くらいだよな、あの人。知っていてもおかしくない」

　そう。これは俺が描いた同い歳のアイドル、シンシアこと南沙織(みなみさおり)の絵だ。写真のまんまの出来ではないから、水口も「見覚えがある」程度に感じたのだろう。今朝確認したかったのは、消えた小宮の絵だけじゃない。どこかに古い絵が入っていないか知りたかったのだ。案の定、何枚もあった。かつてのＯＢＯＧたちが寄贈したり忘れていったりしたもので、捨てるに捨てられなかったのだろう。俺も、父親が倒れたせいで突然忙しくなった。美術部にも行かなくなり、忘れたままになっていたのだ。俺の絵にはサインが書かれていなかったから、ちょうどよかったのか、ご丁寧にも小宮が答えた誰かのサインが書き加えられている。

「美術部の活動実績を作るために、小宮は他の部員の名前で絵を何枚も描いた。小宮は上手いし器用だからな。タッチを使い分けていたんだろ。それでも足りなくて、残っていた古い絵を借りた。違うか？」

「いや……、その」

「さっき言ってた子が本当に四十数年前のアイドルを描いたのか、本人に訊ねてもいいか？」

小宮が天井を仰いだ。

「市森先生が、片づけてくれってロッカーの鍵を預けてきたことがあって、それで、つい」

「ロッカーの絵に埃がなかったから、そんなことだろうと思っていた」

「うん。……ズルをした」

「あのパステル画も、そんな一枚なんだろ？」

俺の言葉に、小宮が目を合わせてくる。

「小宮は、自分があれを描いたと言ってしまった。コンテストに出したらどうかと勧められて、これはまずいと絵を消し去った」

無言のまま、小宮は首をゆっくりと横に振る。

「等々力が言ったように、紙のサイズからみて折り曲げれば身体のどこかに隠すことができる。ちぎってトイレに流すこともできる。小宮だって、中座した時間があったよな」

「……違う。あれは」

俺はにっこりと笑った。

「ちぎらないよな。折り曲げもしないはずだ。水口教授に褒められたとき、小宮は心底嬉しそうな顔をした。一方で、手直しはしないとこだわっていた。あの状態のまま、一ミリたりとも手を加える気はなかったってことだ」

そこが、俺がかつて描いた絵とは異なる。小宮にとって俺の絵は、航の言う「一枚ぐらい」の絵だったけれど。

「あれは、鈴ちゃんが描いた絵なんだな。叔母さんの絵が褒められたから、小宮は喜んだ」

「家で、……見つけて、とても素敵な絵だったから、みんなに見せたかった。だけど、叔母は今、部員じゃない。それでボクが描いたことにした。文化祭はともかく、コンテストに出すのはさすがにまずいと思った」

「だから隠したわけだ」

「市森先生が出したがっていたのがわかったからさ。最小の労力で最大の結果が得られるって、言ってただろ？　あの人は楽なほうを選ぶ」

俺は大きくうなずく。

「なにが欲しい？」

突然、小宮が訊ねてきた。

「なんの話だ？」

「口止め料だ。美術部がなくなるのは困る」

「見損なうな。そんなもんいるか」

「隠し場所は言わないぞ。市森先生にも渡さない」

「だったら早く持って帰れよ。間違えて誰かに使われたらどうするんだ」

俺は美術部用の棚から、そいつを手に取り、掲げてみせた。カラー紙のイラストボードだ。それだけ少し、他のものより分厚い。航が推理したとおりだ。やるなあ、航。

「なんで……」

「ハレパネだっけ、片面に糊のついたパネルの話をしてたよな。プリントアウトした紙を貼ってパネルにできるというこれだ。消えたのはB5ほどで画用紙程度の厚みの紙だ。それより大きなサイズのイラストボードの背側と、この糊付きパネルのハレパネの間に挟んで、貼ってしまえば消し去ることができる。もちろん、全面を貼り合わせる必要はない。

剝離紙を枠のように外側だけめくればくっつく。中のパステル画も傷つかない。証明してみせようか。今は厚みがあるから見えないけど、トレース台や太陽の光に透かしてみればわかるんじゃないか――」

「へえ。いろいろ考えたもんだな」

廊下側の入り口から声がした。

血の気が引いた。調子に乗って話していた自分を、はじめて反省した。小宮も青白い顔をして、入り口を振り向く。

等々力がいた。

「どこから聞いていた？」

声の震えが、自分でもわかる。

「えーとどこからだっけ、なあ」

等々力が横を向いた。等々力だけじゃないのか？　と思う間もなく、扉の陰から、佐川、三浦、古田が顔を覗かせる。

「鷹代たちがこっちの美術準備室に移ったぐらいじゃね？」

佐川の言葉に、三浦と古田がうなずく。それは、鈴ちゃんの正体以降の話、全部じゃないか。

黙ったまま、小宮と顔を見合わせる。小宮には、俺が知っていることだけを告げて、あとはうやむやにしようぜと終わらせるつもりだったのだ。市森は面倒事を嫌うから追及してこないだろうと、航も言っていた。生徒の間で噂になったとしても、時間が経てば鈴ちゃんのバリエーションのひとつになるだろうから。しかし、どうする。全部ばれてしまったぞ。

俺は扉のそばでたむろする四人を見つめた。こいつら、どんな出方をする？

等々力がにたりと頬を緩める。

「僕も言っていいか？　さっきの鷹代のセリフ。――見損なうな」

残りの三人が、声を上げて笑った。

「僕たちだけの秘密にしましょうよ。秘密、秘密。うわあ、興奮する。楽しいです」

三浦が駆け寄ってきた。素直そうないつもの顔が、共犯者のようににやけている。

「鷹代が漫研の部室に来ないから、怪しいって話になったんだ。じゃあどこにいるかって考えると、教室じゃなきゃここしかないだろ？」

「等々力先輩が言ったんすよ。思ったより鷹代先輩はカンがいいって。なんかピンときたんじゃないかって。抜け駆け、ずるいっすよ」

佐川と古田が続けた。

ノリ、というものなのか、小宮の思いを意気に感じたのか、彼らはそれ以上追及してこなかった。俺は、絵が消えた理由がわかればそれでいいと思っていただけなので、彼らもそうかもしれない。

それよりさっさと合作原稿を仕上げよう、と等々力が言った。みながうなずく。

「水口教授の話からすると、昔、美術部から分離する形で漫研ができたんだよな？」

俺は誰にともなく訊ねる。

「多分。あの先生より、もう少し後の世代じゃないか」

佐川が答えた。

「だったら互いに名前を貸し合えばいいんじゃないか？　両方の部員が増える」

俺の提案に、等々力も小宮も眉を顰める。

「そんなに簡単じゃないぞ」

「談合していると思われて、目をつけられるんじゃないかな」

「やるだけやってみたらいいじゃないか。なにもやらずに迷っていても仕方がない。部がなくなってもいいのかよ」

美術部だぞ。美術部がない学校なんて俺は認めない。時代が違うと言われるかもしれないが、俺は古い人間だ。なくなるなんておかしいだろう。

いや、ちょっと待てよ。と俺は思いだす。

なくなりかけたことが、あったじゃないか。あのころ、四十数年前、美術部に廃部の危機が。それは人数とか予算とかそういうものじゃなくて、――スキャンダル。

スキャンダルを引き起こしたのは、……俺、じゃなかったか？

8 航

じいさんが相変わらずの無責任な話を披露していたころ、オレのスマホに、一本の留守電が残された。コンビニでアルバイト中だったオレは、昼休みの客の嵐が済んだあとで、やっと気づいたのだが。

阿左さん。相棒の名は右田さん。そんなコンビ名のような名前を持つ、じいさんの事件を担当している刑事からの電話だ。

訊きたいことがあるので至急連絡をくれという。オレの父の件を最後に、ちっとも連絡をしてこなかったくせして、勝手な人だ。

「犯人、見つかったんですか？」

電話を折り返し、つい勢い込んだ。

『捜査中です』

「あんたたち、そればっかだけど、もう三週間じゃない。せめて進捗とかなんか」

『スマホのデータは復元できなかったのですが、通話の記録は入手できています。その件でお話があります。ちょうど事件の日の夜、午後十時くらいに、鷹代さんの携帯電話に電話がかけられていました。公衆電話からです。覚えていますか？』

阿左さんがそう言った。

それはつまり、じいさんはその電話で呼びだされたというわけだな。相手が犯人だとは限らないけれど、今どき公衆電話からかかってくるなんて、ものすごく怪しいじゃないか。

狙われたのはオレじゃない。じいさんだ。

じいさん、そいつは誰なんだ？

第五話・鷹代章吾は絶命……え、するの？

1　航 vs. 章吾

鷹代航は思案に沈んでいた。

もしもし、聞こえていますか、と耳のそばで阿左さんの声がする。

『午後十時くらいに鷹代さんが受けた電話の相手を覚えていますか？』

「すみません。覚えてない、です」

『そうですか。事件のことも含め、まだ思いだせませんか？』

再度、すみませんと答える。どちらの質問も、航であるオレにはさっぱりわからない。

だが多分、じいさんもだろう。覚えていたり思いだしたりしたなら、オレに話しているはずだ。

『当日、鷹代さんは何本かの電話やショートメールを受けているようです。今から訊ねる方との関係、人となり、電話の内容を教えてください』

「ま、待って、無理」

『無理とは？　知人関係の記憶が丸ごとないということですか？　そこまでの混乱はなかったように伺っていましたが』

だからそれ、オレには無理。関係や人となりなんて、じいさんにしかわからない。

「あー、えーっと、名前、教えてください。落ち着いて思いだすので。あ、メモを取るから」

『わかりました。ではまず――』

阿左さんが時間と名前を告げていく。几帳面にも、かあさんからの電話まで教えられた。

『萩谷一太、添田允、水橋真一は、八月まで勤めていた職場の同僚でよろしいですね？　林原進は、同じスポーツジムに所属していますが、それ以外での接点はありますか？』

警察は、電話番号から相手の名前を割り出し済みのようだ。だけどオレには、さっぱりわからない。かろうじて、林原さんだけはジム関係の友人だとわかる。いや一昨日わかったばかりで、それ以外での接点など不明だ。

『鷹代さん？　聞こえていますか？』

「た、多分。その、ないかな、あ、接点」

耳が遠くなった、認知症ぎみで、なんて言い訳も浮かんだが、余計な面倒を呼ぶだろう。間違っていたらあとで訂正すればいいと、曖昧に返事をする。

『それから洲本勝一さん。夕方に電話が入っていますが』

「高校時代の友人！　駅の自転車置き場に、シルバー人材センターから派遣されていて、孫のことも知っている」

クイズ番組で正解を争うかのように、即座に答えた。やっと知っている名前が出てきたと、ほっとする。

『親しい方なんですか？　どのようなおつきあいを』

さらに質問がやってきた。調子に乗るんじゃなかった。

じいさん、ふだんから洲本さんのこと、話していたっけ。いやじいさんの話なんて、右から左、ちゃんと聞いてやしなかった。洲本さんだって、駐輪場のおじさんたちの制服を着ていなければ、どこかですれ違っていてもわからない。

そうなのだ。オレにはじいさんの知り合いを、見分けようがない。

鷹代章吾は記憶を探っていた。

航が刑事と電話で話す少し前のことになる。俺は昼休みの美術準備室で、自分が昔描いた、アイドルの写真を元にした油絵から目が離せなくなっていた。

「そんなに怖い顔するなよ、鷹代。この絵はもう文化祭に出さないって。誰か、大昔の人が描いたものだしな。もう一枚新しいのをひねくりだす」

小宮が苦笑まじりに言い、絵を美術準備室の作業机から降ろした。大昔の人が描いたとは失礼な言い草だが、そこに怒る気持ちは、吹っ飛んでいた。

「いや、その、そういうつもりじゃなくて、いい絵だなって、鑑賞していたんだ」

俺がこの絵を引き取らずに卒業したのは、父親が倒れて忙しくなり忘れてしまったからだけではない。美術部の顧問の先生や、友人たちに顔向けができず、部に行けなくなってしまったからだった。そちらのほうが先だ。

俺が生まれた年には五十パーセントを超えるぐらいだった高校進学率は、俺が入学したころには八十パーセント近く、その後もぐんぐん伸びていた。それだけ日本が急速に裕福になったということだが、周囲に合わせるために、必死でついてきていた子もいよう。俺だって、父親が倒れた途端にその先の進学が白紙になったのだ。今も昔も、ギリギリの経済状態で学校に来ている子はいる。ファストフードの店が乱立している今のほうが、アルバイトのチャンスには恵まれているかもしれない。

その女子生徒が三年生の半ばから急にアルバイトをしなくてはいけなくなった理由は、覚えていない。俺と同じように親が病気になったのかもしれない。かつての学生アルバイトの定番といえば新聞配達だが、定番だけに、やっている子はずっとやっていて、後釜(あとがま)に入れないこともある。彼女は教師に相談した。部活動の美術部顧問の老齢の先生にだ。クラス担任でもあった先生は親身になって相談に乗り、ツテのある画塾に紹介した。

アルバイトの内容は、絵のモデルだった。二十分ほど同じポーズを取りつづけ、少し休んで、また同じポーズを取る。人物画を描く際に部員同士でやりあったことがある。俺たちの場合は喋りながら適当にやっていたが、画塾に習いに来ている人が相手では、そうもいかない。真面目にやれば肩も凝(こ)るだろう。動かない肉体労働だ。

学校が終わったあとや日曜祝日が勤務時間だそうで、聞いたところ、思いのほか報酬(ほうしゅう)が高かった。新聞配達よりはるかに割がいい。

だからうっかりとからかってしまった。

「それってヌードモデル？」

と。

彼女は泣き、噂が広まった。

実際にやっていたのはコスチュームモデルという、衣服を身につけてのモデルだった。教師から紹介され、彼女自身も高校生だ。ヌードモデルなど、たとえ望んでもさせるはずがない。

俺は迂闊（うかつ）な発言を詫びた、と思う。だがそのころには、先生にも非難の声が降り注いでいた。そんなアルバイトを紹介するなんて、と。美術部にも厳しい目が向けられた。

おとしまえは、どうついたのだったか。七十五日と世に言う噂の賞味期限が切れたのか、誤解だとわかったのか。そのあと俺は、父親が倒れて混乱のなかに放り込まれてしまい、覚えていない。

罰（ばち）が当たったのではと、誰かに言われた気もする。

それが誰だったかは覚えていないし、彼女の苗字も覚えていない。だが今の名前はわかる。

洲本佳代（かよ）、その女子生徒は、スモやんの妻になった。

2　航

コンビニでのアルバイトを終えたオレは、駅へと向かった。

今日の予定として考えていたのは、じいさんの勤めていた工場に行って、辞める前になにか変わったことがなかったか訊ねることだった。オレ自身が今、じいさんの姿をしているわけだから、自分が気づいていないことでなにか、という胡乱（うろん）な訊ね方しかできない。ただ、事故で記憶が混乱していると主張するにしても、職場にいる誰の顔も知らないというのは不自然だ。どう話を進めるべきか悩んでもいた。

一昨日と昨日のジムでも、オレの言動は危うかったと思う。それでも、じいさんが退職してから入会したジムだ。最近のできごとは印象が薄いので、とごまかした。今度は逆の説明をしようか。しかし四十数年もいた場所で、それが通用するだろうか。なにより有益な話が引きだせるのかどうか。

そこへさっきの阿左さんからの電話だ。工場にはじいさんにもついてきてもらって、名前が挙がった人たちについて詳しく訊ねるほうがいいのではないか。方針を変えよう。

今オレができるのは、洲本さんに話を訊くことぐらいだ。最近の自分について訊きたい、という、これまた変な質問になってしまうが、洲本さんにはオレの姿になったじいさんが自転車を取りにいったときに会っていて、事件前後の記憶がないと伝えていると聞く。もともとのオレも会ったことがあるし、コンビニで老人らしくする訓練もしている。なんとかなるような気がした。

はたして洲本さんは駐輪場にいた。駅に隣接するビル型駐車場の一階なので、昼でもさほど明るくはない。効率よく自転車を収納するためにスライドラックがみっしりと並んでいて、洲本さんと同じ制服を着たおじさんたちが——シルバー人材センターの仕事だそうだからおじいさんだが——新たにやってきた自転車を空いている場所に案内している。

「タカじゃないか。思ったより元気そうだな」

オレに気づいた洲本さんが、笑顔で駆け寄ってくる。

「はい。いや、ああ。なんとか元気にしてる。心配かけたな」

「まったくだよ。だけど高校の前のコンビニでアルバイトをはじめたって聞いて、安心もした。そのうち買い物にでもいこうかと思っていたんだが、暇がなくてそのままになっててな、悪い」

「コンビニのこと、なんで知ってるの？」

じいさんが教えたのかな。でもわざわざ？

「なんでもなにも、タカはある種の有名人だぞ。この駐輪場で倒れていたんだし、おまえの噂はみんなががしているよ。孫が高校に行っている仲間もいる。そこから聞いた話だ」

「なるほど。そういった噂のなかに、犯人のヒントが隠されていないだろうか。

「で、犯人はわかったのか？　警察はなにか言ってるか？」

洲本さんから訊ねられる。渡りに船だ。

「進展してないみたいだ。オレの記憶、曖昧なせいもあるけど。少しでも手がかりがないか、いろいろ探ってる」

「そうなのか？　うーん」

難しい顔で、洲本さんが考え込む。

「どうして洲本……スモやんが、そんな顔を？」

「なにを言っている。タカのことも心配だし、ここが現場じゃないか。犯人がいつ他の人間を襲うかわからないだろう？　暗いし、全体を見渡せないから、昼間でも安心できないと、場に入る人数を増やされたんだ。一方で、怖いからと辞めた仲間もいる。おかげで人手不足、僕の出勤日も勤務時間も増えたよ。夜間の警備員も大変らしい。唯一よかったのは、防犯カメラが増えたことかな。ダミーのカメラが思いのほか多かったと知って、みんな怒っていたんだ」

ここの人たちは、通り魔の可能性が高いと思っているわけか。たしかにじいさんやオレの周りに犯人候補がいないなら、そうなる。

しかし、公衆電話からの電話という新たな材料が出た。通り魔は電話をかけてこない。じいさんは犯人から呼び出されたのだ。

「犯人に関する噂、なにか聞かない？」

「いや。ただここは駅だしなあ。いくらでも妙な奴は来るぞ」

「そっか。あの、変なこと訊くけど、オレに最近、なにかなかったか？　その、記憶、飛んでてて、刑事さんにも訊かれたけど、答えられなくて、スモやんが知ってるだけでいいんだけど」

洲本さんが、オレが言ったとおり、変なことを訊くなあ、といわんばかりの表情をした。

「僕にはわからない。家族に訊けばいいんじゃないか？」

オレは苦笑する。家族がこの状態なのだ。オレにはさっぱりわからないし、かあさんで、仕事が忙しくて目が行き届いていなかった、不審な相手を思いつけない、と肩を落としていた。

洲本さんの家族は、洲本さんのようすを全部わかっているんだろうか。他の家の家族はどうなんだ？　じいさんやかあさんの干渉が煩わしくて、オレが話を聞いていなかったり避けたりしてたのがまずかったのか？　だけどこんなことになるなんて、思わないだろ。

黙ってしまったオレの肩を、洲本さんが叩いてくる。

「そんなに気に病むな。そのうち思いだすって」

「ひとつずつ、だよな。わかってる。それで、そのひとつなんだけど、スモやん、オレに電話をしてきたよな。事件の日の夕方。あれ、なんの用だった？」

次に黙ってしまったのは洲本さんだ。

「……そう、だなあ。覚えてないのか？」

「うん、だから今訊いてるわけで」

「覚えてないなら言うほどのことでもない」

「え？　ちょ、ちょっと待って。教えてくれよ」

「いいって。忘れてくれ。たいしたことじゃない」

そういうわけにはいかない、と食い下がったが、洲本さんは、いいって、の一点張りだ。しまいには、仕事中だからと言ってオレに背を向け、声をかけても無視する。なんなんだ、いったい。

当然オレは知らないわけだが、じいさんが電話の内容を覚えている可能性もあるか。

じいさんにＬＩＮＥを送った。授業中なのか、既読がつかないままだ。

3 航

洲本さんの仕事の終了時間を、別のスタッフの人に確認した。もうすぐだと言われたので少し離れて待つ。やがて案内所にもなっているスタッフルームから洲本さんが出てきた。右手で、なにやらボードにサインをしている。オレが声をかけると、うんざりした顔をされた。

「タカ、おまえそんなにしつこい性格だったか？　もっとおおざっぱで適当だと思っていたんだがな」

それはオレも、オレとじいさんとの最大の違いだと思っている。だがごまかすしかない。

「記憶が曖昧だから、いっこずつ潰していきたい、それだけだ」

「そんなマメな人間だったとはな。四十数年会わないと、人は変わるものだな」

ええええええー、とオレは声を上げそうになった。

四十数年？　ずっと友だちだったわけじゃないのか？　じいさん、ちゃんと言っておいてくれよ。

「……そんなに、全然、だっけ？」

と訊ねると、洲本さんが少し考え込む。

「四十数年はおおげさだったか？　十年ほど前の、あいつの、ほら、名前が出てこないがクラス委員の葬式、タカは来てたっけ」

「どう、だったかな」

「それともその前に僕が行った同窓会ぐらいかな。なにしろ仕事が忙しかったからなあ。転勤も多かったし」

洲本さんは銀行員だったと聞いている。じいさんは、夜勤もある工場勤め。接点がなかったわけか。たしかにオレも、同じ街に住む小学校時代の同級生は何人もいるが、高校が違えば滅多に会わない。

ポケットの中で、スマホが震えた。じいさんからのＬＩＮＥだ。

洲本さんからの電話はなんだったのかという質問に、既読がついていた。「覚えていない、気になる」と返事がある。

オレはさらに訊ねた。

――四十数年ぶりに会ったって言われたけどまじ？　同級生って以外の接点はないの？

すぐには既読がつかない。オレは洲本さんへ向き直る。

「電話の件を教えてくれ」

ため息が返ってくる。

「忘れたままでいたほうが、お互い幸せだと思うぞ」

それは、よくない話ということか？

オレは返事の代わりに、洲本さんをじっと見つめた。もう一度、洲本さんが大きく息を吐く。

「タカおまえ、深く考えないでものを言うことがあるよな」

よくわからなかったけれど、うなずいた。たしかにじいさんは、突拍子もないことをいきなり言う傾向がある。オレもさんざんひどい目に遭っている。

「娘の話をしてたよな、覚えているか？」

娘？　かあさんのことか？

「忘れたとは言わせないぞ。三十四になったうちの娘が、やっと結婚するんだ。祝福もしてくれただろう」

「あ、ああ。……改めておめでとう」

洲本さんのほうの話か。それのどこがよくないことなんだ？

「祝電を打ってやるから式場を教えろという話になって、式はしないから必要ないと僕は答えた。そうしたらおまえはこう言ったよな。デキ婚で相手が再婚だからかと。それは、ひとさまに披露してはいけないことなのか？」

オレはすぐに返事ができなかった。

妊娠と結婚の順番が逆なことなんて、ああ、ヤったんだな、程度。どうせみんなヤることとヤってんだろうからいいんじゃね、という感じだ。再婚も、二度三度とする芸能人も多いし、オレが将来しないとも限らない。……てか、一度もヤれないまま死にたくない。結婚も、逆にオレにできるものなのか？　二回も結婚できるなんてエリートじゃん。

でもそれって、洲本さんの言うひとさま、世間体みたいなものだと、どうなんだろう。オレと大人の感じ方は、たぶん違う。ましてやじいさんぐらいの年齢の人って、どう考えているんだ？

「えーと、披露しても、いいと思う」

洲本さんが答えを待っていたので、とりあえず、肯定的な返事をした。

「そのときもおまえはそう言った。だが矛盾してるだろう。いいと思うなら、どうしてデキ婚で相手が再婚だからか、なんて言葉が出る？　心のどこかで恥ずかしいことだと思っているんじゃないか？」

そう言われてみれば、そうもとれる。じいさんのなかに、マイナスのイメージがあったのかもしれない。

「あー、……そうだな。すまなかった」

オレはじいさんに代わって謝った。

「そのときもそう言った。おまえは表面的に謝ればいいと思っていないか？」

ええー？　なに？　謝ってるのに絡んでくるの？

「うちの真知子だって離婚したし、再婚しようっていうんだからうちより偉い、おまえはそう続けた。だが娘が結婚しようという相手の男は、離婚じゃなくて死別だ。違う」

「……そ、そうか」

「結婚式を今しないのは、娘がハワイでの挙式を望んでいるからだ。しかし妊婦を飛行機に乗せるわけにはいかない。ハワイはアメリカだ。アメリカの医療費は高い。それというのも――」

洲本さんが、高いという医療費について話し続ける。唾が飛んできた。

思っていたより面倒な人だな。自分だってマイナスイメージ持ってんじゃないのか。

再び、ポケットでスマホが震えた。じいさんからの返事だ。急いで確認する。

――ほぼ卒業以来だ。同級生で同じ美術部だった。

洲本さんの言うとおりだったのか、と思っていたら、次のメッセージが入った。

――俺は洲本の妻を傷つけた。昼にやっと思いだした。

傷つけた？　娘じゃなくて、妻を？　なにやらかしたんだ、じいさん。……待てよ。じいさんは意外と女性にもてるようだけど、もしかして。

「おい。人が話をしているときにスマホを見るな。いい年をした大人がすることじゃないだろう」

「す、すみません」

洲本さんは、今や完全に怒っていた。話をしているうちに興奮してきたようだ。

「だいたい、タカは昔からそうだ。浮ついている。僕がそう言うと、そっちこそ理詰めで責めるなと言う。娘の結婚の話をしたときも、そうだっただろ。他意はないと言うが、他意がなければなにを言ってもいいのか？　ええっ？」

「や、あの、洲本さん、ちょっと落ち着いて話を——」

「洲本さん、だと？　なんだおまえ、他人行儀な真似をすることが落ち着くことか？」

洲本さんの声が大きくなる。駐輪場を出てすぐの道端だ。人通りも多く、耳目を集めている。

「そういうつもりじゃ……、えっと、その、事件の日の電話はこのことで？」

やばいよ、キレキレだ。おまえ扱いだよ。どうすりゃいい？

「そうだよ！　おまえは電話をした僕にしつこいと言い、僕はおまえに失敬だと言い、最後にはまた喧嘩になった。だから忘れたままのほうがお互い幸せだと言ったんだ。それをおまえは、なぜわざわざ思いださせるんだ！」

洲本さんがオレに詰め寄ってくる。思いだしているうちに怒りも再燃したのだろう。形相まで変わり、キレる老人、そのものだ。

まさか、まさかとは思うけど、この人がじいさんにキレて、ぐさり、ってわけじゃないよな？

犯人は、右利きだ。洲本さんはさっき、サインを右手でしていた。

そう思ったとたん、オレの足が震えた。——まさか。

4　章吾

「まさか」

　さすがに俺も笑い飛ばした。航が、俺の顔で睨んでくる。

「本当に怖かったんだぞ。今にも刺されるかと思った」

「スモやんが犯人なら、俺だってわかる」

「どういうこと」

「航が刑事から知らされた話によると、事件の直前に公衆電話から電話がかかっているんだろ。犯人は俺を呼びだした、証拠を残さないために公衆電話を使った、ということだ。でも相手がスモやんなら、たとえ声色を使ってたってわかるぞ」

　航が、しばし考える。

「そのときかかってきた電話、記憶、あるの？」

「ない。だが電話をかけたほうは、俺の記憶がないことを知らない」

「でもオレの自転車取りにいったとき、洲本さんに、記憶がないって話をしたんだろ？バレてるじゃん」

航の言葉に、俺は苦笑する。

「一日半入院してから、だぞ。それまでは俺の記憶のありなしなど犯人にはわからない。それまでに自首するか逃げるか、なにか行動しているんじゃないか？」

「呼びだしたけど用ができて行かなかった。行ったら誰かに刺されてた。そういう言い訳、できるじゃん。じいさん、背後から刺されて、頭、殴られたんだろ？　犯人も、顔、見られた自覚、ないんじゃない？」

「そう……か。たしかにそうだが、スモやんがかあ？」

「とにかくオレは、怖かったの。オレがじいさんでいるってことは、いつ刺されるかわからないってことなの。オレ、誰の顔も知らない。警戒しようがない」

「しかしなあ、また襲われるだなんて杞憂じゃないか」

「けどじいさん、一度は刺されてんだぞ」

「わかったわかった。だがやっぱり、スモやんが犯人というのは、違うだろう」

俺は航に、スモやんとの間にあったことを話した。正確には、スモやんの妻、佳代との間にあったことだが。

高校時代、俺とスモやんは同級生であり、佳代も含め、同じ美術部の仲間だった。

佳代とスモやんは、高校のころはつきあっていなかった、と思う。つきあっていたなら、もう少し違う形で、彼女のモデル事件のことを覚えているだろう。ふたりが結婚したという話を聞いたのはいつだったか。年賀状のやりとりもなかったし、スモやんは全国を飛び回っていた。薄情な話だが、佳代を泣かせたことも忘れていた。

俺は懐かしさが先に立って、久しぶりに会ったスモやんに馴れ馴れしく接していたが、あいつとしてはどうだったんだろう。

妻を傷つけた俺を、スモやんは許しているのだろうか。侮辱するつもりはなかったが、娘のことも傷つけた。だからといって俺を刺したりなどしないだろうが。

「ちゃんと謝らなきゃいけないなあ。おまえからの謝罪になってしまうが。協力してくれるか？　航」

殊勝な気持ちが押し寄せて、航に頭を下げた。航が眉を顰める。

「いいけど。でもはっきり、犯人じゃないって、決まってからな。何度も言うけど、思いこみ、捨てろって。場合分けして、ひとりずつ潰すの」

わかったわかった、と軽く応じたら、航が睨んできた。

「他の人の用件、覚えてる？　阿左さんが言ってた人たち。ジムの人が、林原進。工場の人が、萩谷一太、添田允、水橋真一。ってなんでそんなに、連絡きてんの？」

「俺が人気者だからだろう」

「ふざけてる場合か」

「ジムの林原は、以前タオルの取り違えがあって新しいのを贈ったから、その件に関してだと思う。工場の連中は、事件の数日前に飲み会があったからそちらの関係だと思うが、これも覚えていない。金は払ったはずだが足りなかったかなあ」

飲み会でのできごとまで覚えていないとは、我ながらなさけない。

「結論、わからない、だな。電話で確認しない？　声は同じだし」

なるほど電話なら、航の姿をした俺が話していても相手に驚かれることはない。

早速林原に電話をかけた。一昨日、航は林原に会い、アリバイは確認済みだという。スマホのスピーカー機能を使って、航にも聞こえるようにした。

林原の用件はやはりタオルの礼だった。いきなりどうしたんだと不思議そうにされたが、ジムでは他の人もいたからとごまかした。

次は工場関係だ。萩谷、添田、水橋という三人は、同じチームで働いていた派遣社員だ。全員、今回のリストラで辞めさせられた。飲み会は、遅れていた送別会であり、部の解散会でもあった。彼らが、工場に残った側に対して不満があるならわからないでもないが、俺もまた辞めさせられたのだ。俺を攻撃するとも思えない。とはいえ彼らに訊く前に、まずは工場に残った人間に探りを入れることにした。

「久しぶりだな。鷹代だ。ああ、元気にやっているよ。心配かけて悪かった。え？　記憶喪失がなんだって？」

電話をした相手は、堀という名の四十代の社員だ。チームでは庶務係の位置づけだった。飲み会を仕切ってくれたのも堀だ。しかしはて、彼には飲み会以降会っていないはずだが。

隣で航が「あ」とつぶやく。

「病院に見舞い、誰か来てた。誰が誰かわからなくて、記憶喪失って答えた」

小声で教えてくれた。おいこら、それを先に言え。

「えーっと、ああ、記憶は今も混乱している。まだらに。いや、堀くんの顔はわかってるって。病院ではすまなかったな」

『……あの、だいじょうぶですか、鷹さん。僕はお伺いしていないですよ。部長と、チームリーダーがお見舞いに参りました』

頭を抱えたくなった。航が教えなかったせいで、昔の仲間にボケ老人だと思われてしまうではないか。

堀はそのあと、現在の工場の状況を教えてくれた。仕事が減ったため他のチームも合わせて編成が変わり、慣れない作業に就かざるをえないものも多く、生産性が下がっているという。とはいえそれは一時的だろう。すぐに好転するさと答えておいた。

『なんとかがんばります。いざとなったら、鷹さんが作る工作所に、僕も雇ってくださいよ。今はまだ、ご自宅で静養されているんですか？』

「工作所？　俺が作る？」

『ええ。言ってたじゃないですか、あの送別会で』

「……そんな話、していたのか？」

あはは、とスピーカーから、笑い声がした。

『いい感じに酔っていらしたから、どこまで本気なんだろうとは思いましたが、冗談でしたか。辞めた派遣の子たちを誘ってましたよ。雇ってやると』

「本当なのか？　もしや、萩谷、添田、水橋といったあたりか？」

『ええ。中垣と弓場にも。自分のもとで働く気があるかどうか返事をしろと迫っていましたよ』

俺は再び、頭を抱えたくなった。たしかにそんなようなことを、真知子に対しても言った。できるんじゃないかと夢想もした。だが酔って披露し、返事をしろと若いものたちに迫っていたとは。これでは迷惑な老害だ。

萩谷たちからあったという連絡はそれだろう。几帳面にも返事をくれたわけだ。

「俺は他に、どんな話をしていたんだ？　恥ずかしながら本当に記憶がないんだ」

酔いのせいか、事件の後遺症か、どちらかはわからないが。

『鷹さんは酔ってましたが、事業内容は堅実で計画的なものに聞こえましたよ。退職金を元手に、まずは中古の工作機械を購入して従業員は少数精鋭、ライン作業ではなくモノづくりを伝承していく、だったでしょうか』

「堀くんは、彼らとはまだつながりがあるか？　なにか言っていたかな？　俺が名前を出した三人は、俺のスマホに連絡をくれたんだが、その内容を覚えていないんだ」

『そういえば会社に、萩谷から連絡がありましたよ。鷹代さんはだいじょうぶなのかって。事件のせいで記憶が飛んでしまい、見舞いに行った部長の顔さえ覚えていなかったと話をしたら、じゃあ工作所を作る話もなくなりますねと、少し残念そうな声でしたよ』

はあ、と俺はため息をついた。萩谷は期待してくれていたのか。申し訳ない。

航が、俺の腕を引っぱった。すっと、口元に人差し指を当てる。

「オレに記憶がないこと、誰が知っているの？」

俺のふりをして、航が訊ねた。

『え？　みんなですが』

「工場の人みんな？　飲み会に参加した辞めた人たちも？　その萩谷さん以外の人とか」

『萩谷、さん？　えーと、多分、そうだと思いますが。鷹さんの事件のことは噂になっていますし、派遣の子たちもまだつながってるでしょう。あの子たちは仲が良かったし、引っ越しの手伝いもやってましたからね』

「つまりオレ、ある種の有名人、てわけね。そのなかで誰か、行方不明になってる人いる？　職場、辞めた人、オレを知ってそうな人のなかで」

それは、と堀が口籠もる。航の質問の意図に気づいたのだろう。航は、俺を襲って逃げた人間がいないかと訊ねているのだ。

『聞いていないです。警察にも訊ねられましたが、鷹さんのことはみんなが慕ってたし、トラブルがあった人なんていないんじゃないですか。派遣の子のなかには関東から離れたものもいますが、派遣元やハローワークで住所は把握されているでしょうし』

「ありがとう」

俺はもう少し職場の話を続けていたかったが、航に促されて電話を切った。

「さっき話に出てた、辞めた派遣の五人、信用できるの？」

航が前のめりになりながら問うてきた。

「どういう意味だ？　五人とも真面目に仕事をしていたぞ。だからこそ俺は、工作所で雇いたいと言ったんだろう」

「利き手は？」

「……右手……、全員、右利きだ。しかしなあ、航」

「もう一本電話かけたい。さっき言ってた、萩谷さんって人」

納得いかない気分だったが、俺は萩谷に電話をかけた。萩谷は優しく明るい男で、暴力に訴えるタイプではない。

『鷹代さん？　あ、お久しぶりです。だいじょうぶですか？　この度は災難でしたね』

萩谷の声がスピーカーから響く。

「いやあ、大変な目に遭ったよ。なにしろ——」

と話しはじめたところで航に制された。横から口を出してくる。

「実はスマホが壊れて、萩谷さ……萩谷くんから来たショートメール、読めなくなったんだ。どんな内容だったのかな」

『ショートメール？　いつですか？　僕、送ったかな』

「電話だったかな。刺された日」

『ああ、電話しました。工作所の話で。あれ？　そのころの記憶もないんですか』

「オレの記憶ないこと、知ってるんだね」

航が念を押すように言う。その話は、堀との間で済んでいるだろうに。なるほど、わざとだな。

『ええ、工場のほうから聞きました。でもお元気そうでなによりです』

「元気だってのも、工場から聞いた？」

『それもあるけど、実際、お元気でしょう？　コンビニで働いていらっしゃるぐらいだ』

　それは俺じゃあないけどな、と心の中でつっこんだところで、航が怖い顔になっていることに気づいた。

「あれえ、どうして知ってるのそれ」

　航が訊ねる。下手な芝居でも打っているかのように、声が硬い。

『え』

　萩谷の声がそこで途切れる。そうだ、なぜ知っているんだ。

『僕に気づいたから電話をしてくれたんじゃなかったんですか？　僕、宅配便の会社に行くことになったって言ったじゃないですか。鷹代さんのいるコンビニにも集荷に行ったんですよ』

「そうなの？　その場で声、かけてくれた？」

　俺と航は目を合わせた。航が、萩谷の仕事が宅配関係なのを知っていたのかと、目で訊ねているような気がして、首を横に振る。聞いたかもしれないが、その記憶もない。

『いいえ。鷹代さん忙しそうだったし、下手に話しかけて、記憶がおかしいなんて知られたらコンビニをクビになっちゃうかなと思って。だって部長の顔も覚えてないって聞いたし』

「コンビニで働いてること、記憶喪失のこと、誰が知ってる？　添田くん、水橋くん、中垣くん、弓場くん。他は？」

航の質問に、明るい笑い声が答える。

『だいぶ思いだしてきたんじゃないですか？』

「名簿を見たから」

『そうですか。連中にはＬＩＮＥしてますよ。みんなそれぞれ仕事も決まって、ってそのあたりの話は僕の仕事もそうだけど、飲み会のときに伝えましたよね。それは覚えていますか？』

航が覚えていないと答え、それぞれの職場と居所を訊きだす。俺が作ると言った工作所については、気を長くして待ってます、と言ってくれた。

お身体大事にしてくださいね、という萩谷の挨拶で、電話が終わった。

「今の人、ヤバくない？　じいさんの具合、工場の人に訊ねてるし、コンビニにも、ようすを見にきてる」

航が言う。

「慕われているんだって。それに集荷に来たって言ってただろ。仕事だ。偶然だ」

「声かけてこなかったの、なぜ？」

「クビにならないよう気を遣ったって言ってたじゃないか」

「いくらでも声のかけよう、あるんじゃない？」

だが萩谷はそういう回りくどい気の遣い方をする男だ。航が知らないだけだ。

添田と水橋にも電話をした。ふたりからの連絡は、やはり工作所のことだった。萩谷とは違い、どちらからも断られた。添田はそう遠くないうちに、実家に戻る予定だという。水橋ははじめたばかりの介護の仕事が性に合っていると答えた。ふたりとも、俺の記憶が曖昧なことも、コンビニで働いていることも知っていた。萩谷から聞いたのだという。アリバイを訊ねることはやめておいた。萩谷にもだ。もしも犯人だったら危険だと、航が主張したのだ。阿左からの電話で名前が挙がった以上、表向きのアリバイぐらい警察が調べているはず、と。

「いっこずつ、整理しよう。じいさんが死んでいないと気づいた犯人、どうするか。オレなら逃げる。でもじいさんに関係した人間が逃げちゃってるなら、警察も追ってるはず。だけどそんな話はない。犯人、じいさんが事件の記憶がないことを、知ったからだ」

航が真面目な顔で、俺を見てくる。

「次に犯人がするの、近くで観察だ。犯人はじいさんに、顔、見られていない。けど、電話はかけてる。いつか呼びだした人間を思いだす可能性、あるだろ。顔を見られてないならだいじょうぶと開き直るか、それとも」

「それとも？」

「じいさんが思いだすようなら、始末する。そのためのチャンス、窺ってる」

「じいさんじいさんって、……今はおまえじゃないか」

「だー、かー、らー、まじになってるの。身の危険、今日、実感したわけ。オレ、洲本さんと萩谷さん、ヤバいと思う。どちらも近くにいるから、こっちの動向がわかる」

「スモやんはあり得ないって言ったろ。妻の、佳代のことは四十数年前だ。娘のことは言葉の行き違いだ。それで俺を殺そうだなんて、飛躍しすぎだぞ」

「キレる老人の暴走、じゅうぶんな理由だって。じいさんは直接話さなかったから、わかんないだけ。駐輪場で話をしてたときは、フツーだった。けどまじ豹変した。カッとしたら人は変わるって典型例だった」

「カッとなったなら、そのときに殴るなりなんなりするだろう。後から電話をかけて呼びだすか？」

「もっと怪しいのは、萩谷さん」

「俺を慕っての行動だ。俺を殺す動機などない。なにより犯人だったら、自分はコンビニのことも記憶喪失のことも知っていると、迂闊に喋ったりしない。仲間にも知らせてるんだぞ」

「見えない動機、あるかもしれない。喋ったの、油断させるためかも。仲間に知らせたの、犯人候補、増やすためかも」

「航、おまえは人を疑いすぎだ。友だちをなくすぞ」

「は？　じいさんこそ能天気すぎ。ともかく情報、まとめて阿左さんに連絡する。警察がシメれば話すかも」

航は、阿左に電話をかけた。警察も、俺への接触があった人々の調べはついていたようで、航の報告にも淡々(たんたん)とした返事だ。しかし萩谷がコンビニに集荷に来ていたこと、そこで航に——働いている鷹代章吾に声をかけていかなかったことに触れると、反応があった。詳しく調べてみるという。

だが俺はどうにも、納得がいかなかった。

5　章吾

「は……腹が痛い」

翌日、三時限目の授業の途中で、俺は保健室へと向かった。

さあ、ここからが勝負だ。

俺が子供のころの体温計は、管の中に水銀が入っていた。水銀の熱膨張を利用して体温を測定するのだ。先端の銀色の部分を両手に挟んでこすると熱くなり、偽の、本来より高い体温を作ることができた。

しかし今の体温計はサーミスタとかいう素子の抵抗値を電子回路が読み取る形式になっている。湯にでも浸ければ高い体温が作れるかもしれないが、電子体温計が世に出てきたころには俺もいい大人になっていたので、実験したことはない。

熱という仮病は使えない。そこで腹痛にした。痛みは、本人にしかわからない。

保健室の先生は、穏やかな印象の人だった。良心の呵責（かしゃく）を感じるが、仕方あるまい。

「家に帰っていいでしょうか。どうにも気分が悪くて」

そう言うと、保健室の先生は心配そうな表情をする。

「タクシーで帰る？　おうちの方に迎えに来ていただく？」

「持ち合わせがないし、真知……いえ母も、祖父も働いているので、自分で帰ります」

「待ってて。手の空いてる先生がいないか確認してくるから」

「だいじょうぶです、近いから」

そう断って、自転車置き場に向かう。この先あっちこっちに移動するから、自転車は必要なのだ。腹を下していると言いつつ自転車で帰るのは、仮病だとバレてしまう恐れがあったが、強く責めないよう言われているのかもしれない。追及されなかった。

仮病程度のズルはしたが、基本、俺は真面目に生きてきた。

生まれたのは昭和二十九年。東京オリンピックと新幹線の開通を十歳のときに迎えた。高度成長期と呼ばれるころに、穏やかな学生生活を送ることができた。少し年上の世代のなかには過激な思想を持つものもいたが、俺はいわゆるノンポリで、仲間とよく遊び、女の子にも興味があり、しかし実際には声さえろくにかけられない平々凡々な高校生で、この先大学生になっても変わらないと思っていた。父親が倒れて十八歳で一家の大黒柱となったときは大変だったが、母親が入院した病院に勤めていた温子と知り合って早くに結婚した。やがて真知子が生まれ、母を看取り、妹の和枝を嫁に出した。がんばって働いて給料も上がり、家も建て直し、やれやれと思ったところで、温子に交通事故で先立たれた。

ちょうど平成になった年のことだ。そこから男手ひとつで真知子を育て、なんとか短大までやって、真知子は結婚して航が生まれた。真知子の離婚は想定外だったが、力を合わせて乗り切った。その間ずっと、俺は職場の仲間から信頼を集める存在で、定年後も年下の上司を立て、ムードメーカーだった。

そんな俺を殺そうなんて思う奴が、どこにいるというんだ。

真知子の元夫、山中は別だ。あいつは唯一、俺に恨みがある男だ。だがあいつは早々に犯人候補から消えた。

認めたくはないが、航が言うように、俺の知らない動機があるという可能性は残っている。どこで恨みを買ったかなど、恨まれたほうはわからない。思いもよらない理由で難癖をつけられることだってあるはずだ。

航だけにまかせてはおけない。

俺は今、航の姿をしているから、俺が襲われることはないはずだ。俺も航と同じように、ひとりずつ確認していこう。スモやんはやっぱり違うだろうから、萩谷から潰そう。

俺と同時期に工場を辞めたのは、定年再雇用組と派遣社員だ。飲み会には再雇用組も来ていたが、萩谷が、愚痴やなにかを打ち明けるなら、まず歳の近い連中だろう。派遣組のほう、添田、水橋、中垣、弓場に直接当たり、それでわからなければ再雇用組にも訊ねてみよう。

添田は機械系の工場、水橋は介護施設にいて、昼間は仕事に出ている可能性が高い。昨日電話でも、簡単にだが話を聞いている。中垣は食品工場で、弓場はファストフード店のアルバイトだ。弓場の勤務する店は駅前で、高校から一番近かった。まずはそこから訪ねてみる。

弓場もまた、俺の記憶が曖昧なこと、高校前のコンビニで働いていることを——働いているのは航だが——知っていた。添田たちと同じく、萩谷に聞いたという。

「きみ、高校生だろ。学校サボっていいのか」

おっと。煙草休憩の多かった弓場から、そんな説教をくらうとは思わなかった。俺は、朝登校するときからさぼるつもりだったので、通学鞄にチノパンを忍ばせ、制服の下に柄のTシャツを着こみ、さっき駅のトイレで着替えを済ませていた。しかし残念ながら航の顔は、大学生には見えなかったようだ。

「祖父のためにできることはないかと思って、調べています。職場でなにかトラブルはありませんでしたか？　特に若手の方たちとの間で」

堀はないと言っていたが、念のためだ。

「別にないけど」

「そうですか。祖父は人望のあるタイプなので、やはりなにもなかったんですね」

「人望？」

「違うんですか。みなさんに慕われていたと」

俺は内心ドキドキしていた。なんだこの弓場の反応は。

「年上を立てるのは、社会人なら普通のことだ。害はないっていう、それだけだよ」

「……それだけ」

「ボクちゃんはおじいちゃん子なのか？　それは悪かったな。だけど害はないっていうのは、今どき喜ぶべきだぞ。クソみたいなのはいっぱいいるからな。俺たちを切って生き残った社員連中は、みんなクソだ。鷹代さんの事件、誰がやったか知らないが、刺される順番が違うだろってみんなで言ってた」

「その順番が違うだろうって言ったみんなって、どういったみなさんなんです？」

「元派遣仲間だな。そういう意味では、鷹代さんには同情するよ。うん、そうだな、おじいちゃんはいい人だったよ」

取ってつけたように、弓場が言う。相手が社員であろうと派遣社員であろうと、後輩には優しく接してきたつもりだったが、俺は、その程度なのか。

「で、では弓場さんから見て、トラブルはなかったということですね」

「ああ。ところでどうして、特に若手の方たちと、なんて限定してるんだ？　俺たちが疑われてるのか？　誰が疑ってんだ？　社員連中か？」

慌てて俺は、手を横に振る。「萩谷とのトラブルはなかったか」とは訊けないから、対象を曖昧にしただけだ。そこに意味はない。無闇に敵だと決めつけないでほしい。

「祖父のスマホに若手の方からの連絡が入っていて、その少し前に飲み会があったので、なにかあったのかなと。その飲み会でも、変わったことはなかったですか？」

工作所の件については、知らないふりをした。弓場と中垣からは連絡がきていないのだ。

「あー、工場かなんか作るとか作らないとか言ってたな、酔って。おいおいやめておけよって思ったけど」

「やめておけよ、ですか」

「当然だろ。上手くいくわけがない。大きい工場がアップアップになってんだぜ。おじいちゃんにアドバイスしてやれよ。よっぽど退職金が出たのかもしれないが」

弓場が、皮肉めいた表情を浮かべる。少々、むかついた。

「退職金なんてほんのちょっとだ。……って言っていましたよ。祖父が」

「そうかあ？　工場作るなんて言うのに？　ま、たとえちょっとにしても、出るだけましだ。俺たちにはなにもなしだぜ。羨ましい限りだよ」

それは仕方がないだろう。弓場たちは契約で二、三年といったところだが、俺は四十五年ほども働いてきたんだ。退職金の規定もあったし、もらって当然ではないか。

「だから、弓場さんはご連絡いただけなかったんですね」

「さすがに引いたし、本気にもしなかったな。悪いね。鷹代さんはたしかにいい人だ。けど将来性のない仕事につきあう気はないな。今のこの仕事もないけれど、働かないと食えないからな」

きみもがんばれよ少年、学校サボるなよ、勉強しろよ、と最後に弓場が励ましてきた。そのままいると、宿題やったか、お風呂入れよ、歯みがけよ、などと、昔のテレビ番組のようなセリフまで言われそうで、場を後にした。

害はない、扱いか。社会人として年上を立てただけ、とは。そのうえ工作所も、上手くいくわけがないなどと言われる始末だ。中垣が連絡してこなかったのも、同じ理由かもしれない。そんな風に思われていたとはな。

俺はため息をつきながらも、自転車を漕ぎだした。次の目的地に向かう。

6 航

警察が、洲本さんや萩谷さんの調べをどう進めているかはわからない。だがオレは、少しは進展があるのではと期待しながら、コンビニの仕事に就いていた。

「ねえ、ちょっとごめん。自転車置き場の自転車、倒しちゃった」

そう言って入ってきた女性は、三十代ぐらい。休日のＯＬか主婦といった雰囲気だ。

「はい、ただいま」

オレは入り口から出て、コンビニの裏の自転車置き場に向かった。ドミノ倒しのように重なった自転車を、端から起こしていく。オレに声をかけてきたさっきの女性はやってこない。彼女の自転車はどれなんだろう。重なりの一番上になっていたのは、かあさんから借りたオレ自身の自転車だ。

自転車をすべて立て直して、店の入り口へと向かったオレは、先ほどの女性が雑誌を立ち読みしているのを、外からガラス壁越しに見てしまった。レジにいる尾田さんも、呆れたような視線を送っている。

ふてぶてしいなあ。店員は召使いじゃないぞ。おまえが倒したんなら手伝えよ。

ふいに、ぴろぴろぴろという自動ドアの音がした。

「あっ」

と、店を出てきた別の客、休み時間にやってきた生徒とぶつかりそうになる。

「す、すみません」

「気をつけろよ、じいさん。ぼんやりしてんじゃねえよ」

ムッ、と漫画ならそばに描き文字が載りそうにわかりやすい表情で、生徒が不機嫌そうに去っていく。

「……あ」

オレの頭の中で、湧きあがるシーンがあった。今のできごととほぼ同じことがあった。ほんの三日前だ。

まさに漫画のコマのコラージュのように、情景が見えてくる。オレの声。息を呑んだ相手の反応。たしか眼鏡をかけていた。それから、なんて言われた？　なにもだ。曖昧に会釈ともいえない会釈をして、すぐに背を向けた。……なぜあんな反応を。

「防犯カメラのデータを？」

店長が不思議そうに訊ねてくる。

「はい、三日前の午前のデータ。オレがここに来た時間のもの。確かめたいこと、あるんです」

空き時間にスタッフルームでね、と言われた。高校では、今から四時限目が始まる。じりじりしているとやっと客足が途絶え、先ほどの立ち読みの女性も帰っていった。あとを尾田さんにまかせて、店長と奥に入る。

でもどうして？　と訊いてきそうな店長の問いを封じ込めるように、オレはモニターを見つめた。早くそのシーンが出てこないかと早送りする。高校が昼休みに入るまでが勝負だ。レジに戻らなければいけなくなる。

じいさんの姿のオレが、画面の端から現れた。入り口へと駆け込もうとして、男性にぶつかりそうになった。オレは頭を下げている。相手はしばらく経ってから首をちょいと縦に振り、そのまま行ってしまった。フレームアウト。

「少し戻していいですか？」

店長がうなずき、時間を戻す。

オレとぶつかりそうになった男性は、青っぽいシャツを着ていた。オレとぶつかる前の時刻から、同じ色の服が、自動ドアの外の画面にちらり、ちらりと映っている。

「同じ時間の店内の映像、見ていいですか？」

「どうしたんだい？」

「とにかくお願いします」

店長が、一つのカメラの映像だけ流していた再生モニターを、複数カメラで画面が分割されたパターンに切り替えてくれる。店内のカメラに、その男性は映っていない。

モニター画面はやがて、入店するオレの姿を映す。ぴろぴろぴろというドアの音が入る。大きな音なら録られているのだ。それまではモニターに、ドアの音は鳴っていなかった。

男性が入り口から出てきてオレとぶつかったなら、さっきの生徒との場合のように、直前にドアの音が聞こえているはずだ。しかし入っていない。店内のカメラにも男性が映っていない。つまりこいつは、ずっと外にいて、店のようすを窺っていたということになる。

オレは相手の反応を覚えている。オレの姿を認めて、息を呑んで驚いていた。角度的にモニターには映っていないが、どう対処していいのかわからないといったようすで目をバチバチとまたたかせていた。

こいつは、じいさんを知っている。

まったく知らない相手とぶつかったなら、文句を言うか謝るかする。一方、じいさんの知り合いなら、やあとかなんとか声をかける。

だがどちらの反応もしていない。

じいさんが記憶喪失だと知っている人間が、オレの反応を見て「知り合いと会ったときのものではない」と気づいた。だから他人のふりをしてスルーしたんだ。他人のふりをしたのは、疾(やま)しいことがあるからだ。オレに気づかれてはならないからだ。オレの、つまりじいさんのようすを探っていると、悟られたくなかったのだ。

誰だ、こいつは。

昨日の話から考えると、記憶のこととコンビニで働いていること、両方を知っている条件にあてはまるのは、じいさんたちの言う「辞めさせられた派遣の子たち」だ。なぜなら、最初に電話で話した工場の掘って人は、じいさんが家で静養していると思いこんでいたからだ。つまり今工場にいる人たちは、コンビニのことを知らない。

萩谷、添田、水橋、中垣、弓場。

五人のうちの誰かだ。

「店長、この人、見覚えありますか？　宅配便の集荷の人？」

オレの質問に店長は、「え？」と引き気味に答える。

「違うけど、どういうことかな」

よし。萩谷も除外。残りは四人だ。

「この映像、この人、スマホで撮らせてください」

「どうして？」

「……お願いします。あの、じいさん……じゃない、オレの命がかかってるんです」

店長が、ぽかんと口を開ける。

「えーと、鷹代さん。鷹代さんが言わなかったから、僕らも訊かなかったんだけど、鷹代さんって少し前に駅の駐輪場で起きた事件の被害者、だよね。お客さんが、高校生の子たちが、噂をしてて知ったの」

「すみません、そうです。言ってなくて」

「あ、いいんだよ。根掘り葉掘り訊かれたくないだろうしね。それでこの人、なあに？　もしかして事件と関係あるの？」

「誰か、わからないけど……、なんか見張られてたっぽくないですか？　実はオレ、頭打って、記憶、混乱してて。知り合いかどうか、家にある写真で、確認しようかと」

そうなのか、と店長は目を丸くする。

「たしかにこの人、しばらく中を観察してるようすだね」

「店長は見覚え、ありますか？」

「いやあ、見たことない人だなあ。斜め上からのカメラだからわかりづらいけどねえ」

そこが問題だ。じいさん、判別がつくだろうか。

入谷先生と同じか少し上くらいの年ごろで、覇気がない感じの男性だった。眼鏡の下はどんなふうだっけ。吊り目か？　垂れ目か？

オレは、データをスマホで撮って、じいさんに転送した。状況を書いて、こいつ、誰なんだ？　と。

すぐに高校の昼休みがはじまった。コンビニに、生徒が次々とやってくる。自動ドアの音は鳴りっぱなしだ。

オレはレジ打ちをしながら、じいさんからの返事を待っていた。最後に確認したのはスタッフルームで、オレのメッセージに既読マークはついていなかった。今、オレのスマホはポケットの中。バイブだけでなく、音も小さいながら鳴るようにしている。

それともじいさんは直接、ここに駆け込んでくるだろうか。

「航、でかした！」

とか言いながら。

ぴろぴろぴろ、とまたドアに音が鳴る。

「鷹代さん。おじさん」

並んでいる客たちの奥から手を挙げて呼びかけてきたのは、安立ちえみだった。

「鷹代くん、身体の調子、だいじょうぶですか？」

「え？　なにそれ」

安立はヨーグルトを持って、列に並んでいた。みるみる、頰が膨らんでいく。うしろで待つ人を、先に空いた隣のレジに行かせ、不機嫌そうな表情のまま、オレのレジ前に立った。

「連絡ないんですか？　やっぱり、あれサボりなんだ。真面目にがんばるっていうから、最近信用してたのに」

「どういうこと」

「途中で帰ったんです。お腹痛いって言ってたけど、自転車がなくなってるんです。お腹下していて、自転車乗ります？　響きますよね。今日の帰りに委員会があるんです。なのに」

帰った？　……じいさん、まさか。

「いつごろ帰ったんだ？」

「三時限目の途中です」

「あいつにLINEメッセージ、送って。なんなら電話でも。オレは、仕事中なんで」

「え？　は、はい。えーと、なんて？」

不審そうに、安立が首をひねる。

「写真の男は誰なんだと、オレが言ってると。すぐに返事をよこせと」

「……はあ」

安立が会計を済ませ、レジから離れる。横目で確認すると、依頼したとおり、スマホを操作してくれている。

「中垣雅之、とあります。鷹代さん」

返事がありましたと、安立が呼びかけてきた。同時にオレのポケットも鳴る。

「目の前にいる、って」

安立が続けた。

「はあ？　目の前？」

オレの大声に、目の前の客が驚く。

ちょっとすみませんと謝りながら、オレはポケットのスマホを取り出した。

――中垣雅之。眼鏡は普段、かけていない。今、そいつのアパート。

それがオレへの返信だった。

それっきりに、なった。

7　章吾

中垣雅之。三十三、四歳だ。中肉中背で、目立たないタイプだろう。うちの工場には、三年ほどまえにやってきた。高校を卒業したのち、数年ずつ、職を転々としているらしい。工場のラインが多いという。

派遣の仲間とは話をしているのかもしれないが、家族や恋人、友人、趣味など、思い返してみればまったく聞いたことがない。出身もわからない。言葉に訛りはなかった。

住まいは賃貸アパートだ。一階も二階も扉ばかりが並ぶ、間口が狭そうな住まいだ。派遣の子のなかには会社の寮に住んでいた子もいたが、工場との契約が切れたときに派遣元の会社との契約も切れたらしく、追い出されて困っていたそうだ。中垣の部屋は会社の寮ではなかったようで、追い出された子に、同じアパートの空き部屋を紹介してあげたという。面倒見は悪くない。初めて作業に加わる子に丁寧に教えていたこともあった。ただ、押しが弱く、代表の立場に置かれるのは苦手なようすだ。尻を叩いてみても、いつのまにか人の後ろに隠れている。

今どきの、内気な青年。そんな印象を持っている。声が小さく、覇気も感じられないが、マイペースなだけかもしれない。仕事ぶりは真面目だった。

今は食品工場で働いているという。

送別会の際に聞いたはずだが、忘れてしまった。昨夜、萩谷に教えられたことがすべてだ。その工場は深夜から朝、午前、午後、夜のシフトがあって、中垣は深夜から朝か、午前のシフトに入っているという。萩谷こそが、寮を追い出されて彼から空き部屋を紹介してもらった元同僚で、中垣の出かけたり帰ったりしているさまを知っているのだと言った。

もっと詳しく追及していれば、俺が駐輪場で襲われたとき、中垣が部屋にいたのかいなかったのかなども、わかったかもしれないのに。

という後悔は、あとのことだ。俺はなにも考えずに、中垣を訪ねた。シフト時間から推測して、在宅の可能性の高い昼を狙ったのだ。二階に上がってすぐの彼の部屋のドアフォンを鳴らす。

自分は鷹代章吾の孫で、祖父のために話を聞き回っている。

と口に出そうとしたまさにそのとき、航から送られた防犯カメラの写真を見た。その写真が撮られた背景と、航の考えも書かれている。中垣が犯人という確証はないが、眼鏡までかけて変装し、俺を探っていたという状況は、明らかに怪しい。

ドアフォンはただ鳴るだけで、外と内の会話ができる機能はついていないようだ。こちらがひ弱そうな高校生のため警戒もしなかったのだろう、間もなく内開きの扉が開き、本人が顔を覗かせた。狭い外廊下で、扉を挟んで向かい合う。

航からの連絡に混乱して口籠もっていた俺を、中垣は訝った。

「誰？　なんか用？」

弓場にも同じことを思ったが、素直で礼儀正しいと感じていた彼らは、年下の高校生に対してはぞんざいな口の利き方をする。六十三歳の俺には決して、見せなかった一面だ。

「あーと、そのですね」

うまく言葉がでてこない。下手に俺だとばれたら、いや、俺の孫だとばれたら、一刀両断にされてしまうかもしれない。

そこに天啓がひらめいた。

「あんたの未来の子供だ」

ぽかんと、中垣が口を開ける。

「俺は、あんたの未来の子供なんだ。未来からやってきた。父親に会いに」

航が描いた漫画だ。これならどうだ、と口から出た。

……い、いかん。俺はどうかしている。誰がそんなたわごとを信じるものか。

「あーっと、なにを言ってるのかな。気分でも悪いのか？」

なだめるように、中垣が言う。困惑の色が見える。頭のネジが外れた人がやってきたとでも思われているのだろうか。しかし突き進むしかない。

「だいじょうぶだ。俺はあんたに忠告を与えるために、未来からやってきた。未来の俺が社会の中で生きていくために、あんたは今、自分のすべきことをしなくてはいけない」

中垣の表情が、虫けらでも見ているかのように変わった。

「宗教には興味がない。帰ってくれ」

中垣が扉を閉めようとした。俺は閉まりかけた扉と柱の間に、通学鞄を差しいれた。

「おい。子供だからって許されるとでも」

「あんたは八月に以前の職場を辞めたばかりだ。正しくは、辞めさせられた。今は食品工場に勤めている。夜働いて昼に眠るという、身体に堪（こた）える生活だ。しかしあんたは友情に篤（あつ）く、住まいを追われた元同僚に、安価な部屋も紹介した」

「誰から聞いた？　宗教じゃなく、マルチ商法か？　親にやらされてるならかわいそうだが、おれに金などない」

中垣が通学鞄を押してくる。俺は内開きの扉に身体をぐいぐいと押しこんで、閉まらないようにする。扉は四十五度ぐらいで止まった。

「聞いたのではない。未来の子供だから知っているんだ。あんたは真面目な働き者だ。初心者に丁寧に教えることもできるし、上司からの覚えもよかった。不当にクビを切られたと不満も持っているだろう。その不満が別の人間に向かったのか？」

「なんのことだ」

「深くは語るまい。あんたに自覚はあるはずだ。だがあんたの行動のせいで、未来の俺が社会から弾き（はじ）だされる。あんたが今正しい選択をとるよう、俺がやってきた」

呆れた顔をしていた中垣が、くすりと笑った。

「車は空を飛ぶか？」

「え？」

「未来では、気候をコントロールして食べ物は豊富で全員が快適な暮らしを送っているのか？　それとも一部のジジイだけがいい目をみて、残りは今のおれ以下の生活をしているのか？」

「ええっと、快適だ」

「だがおまえさっき、社会から弾きだされると言ったぞ。弾きだされて、ボロい服で地面を這いずり回るのか？　鉄くずを拾って、ジジイの狩りの獲物にでもされるのか？」

にやにやと、中垣が人の悪い笑いを浮かべる。嘘をついている俺が言うのもなんだが、どこかの映画みたいな話だな。

「ジジイ、ジジイって言ってるけど、あんただって未来じゃ、じゅうぶんジジイだよ。こんなでかい息子がいるんだから」

「なるほど。じゃあおまえの母親は誰だ？　おれはどんな女と結婚する？　以前いた工場の女どもはおれなんて見ていない。その前の職場もだ。金のあるおっさんやジジイには愛想もよくするが、おれなどまるで空気のような扱いだ。今いる工場の女もバアさんばかりだ。なあ、おれの女なんてどこにいる？」

開き直ったような中垣の表情は、見たことのないものだった。今どきの内気な青年。俺が今まで持っていたイメージの中垣なら、誰かを襲うことなんてできないだろう。だけど今のこの中垣なら、肩がぶつかったと殴りかかることさえするかもしれない。

そういう社会への不満みたいなものが動機なのか？

「……女性とは、これから出会う。十年ほど先だろう」

罪をつぐなって出てくれば、そのくらいになるんじゃないだろうか。

「十年？　で、息子がおまえ？　じゃあおれは六十すぎってことか。本当にジジイだな」

中垣が、不快そうに顔を歪めた。続ける。

「絵空事は置いといて、今のあのジジイどもみたいに、恵まれてはいないだろうな」

「恵まれて？」

どこがだ、と俺はカチンとくる。

「そうだろ？　今のジジイどもには踏み台にする人間がいるが、おれがジジイになったときはいない。おれもまだ踏み台のままだ」

「なにも恵まれてやしないぞ！　今のジジイたちだって日々の暮らしに汲々（きゅうきゅう）としてる」

「絶対、未来のおれよりマシだね」

中垣が鼻で笑う。

「いいや、あんたが見えていないだけだ。ジジイも高校生も、それぞれなりに必死だ。不満は当然持っているが、今の自分にできることをがんばってる」

ふうん、と中垣が冷たい目で見てくる。

「おまえの言う今って、今現在か、未来か、どっちなんだ？」

しまった。つい興奮してしまった。

「はいはい。なにがしたかったのか知らないが、子供の遊びにつきあっている暇はないんだ。じゃあな」

中垣が、扉を押し開けている俺の腕をつかんだ。ひねり上げるようにしてくる。

と、そこに電子音が響いた。

俺のスマホは、それ以前から何度か鳴っていた。航かもしれない。だが構っていられる状況ではないので無視していた。今の音は、俺のスマホじゃなかった。中垣がすかさず、ポケットからスマホを出し、確認している。液晶画面から俺に目を戻したとき、恐怖と怒りが入り混じったような表情をしていた。

「おまえ……。あいつの孫か」

「あ、ええっと」

「そういえば声が似てるな。今、弓場からＬＩＮＥが来た。なにか工場でトラブルがなかったか、鷹代の孫が訪ねてきたとある。なぜおれには、未来から来たなんて嘘をつく」

中垣と睨み合う。

「帰れ！」

中垣が、なにかを俺に投げつけてきた。俺は怯む。外廊下が狭かったため、そのまま、そのなにかは柵を越えていく。ガチャンと音がしたところをみると、陶器かなにか、食器の類だったのだろう。そういえば、玄関のすぐ脇に流し台が覗いていた。

　俺が怯んだすきに、扉が再び閉まっていった。慌てて再び、通学鞄を差しいれる。今度は十センチほどの隙間となった。扉はほぼ閉まりかけで、中垣の顔がわずかに見える。

「はっきり言う。俺……いや、じいさんを襲ったのはあんただな」

「知るか！」

「三日前の午前、じいさんが働いているコンビニに、眼鏡で変装してようすを見にきただろ。じいさんとぶつかりそうになって、じいさんがあんただと気づかなかったものだから、他人のふりをした。本当に他人なら、怒るなり謝るなりといったリアクションをするはずなのに、あんたはそそくさと消えた。そのようすが防犯カメラに残ってるんだよ」

「知らないって言ってるだろ」

「じいさんの事件当時の記憶が曖昧なことをあんたは知っていた。工場の人間が見舞いに来て、萩谷が彼らから話を聞いて派遣仲間に知らせたんだ。コンビニにいることも萩谷から聞いた。じいさんの記憶が戻っていないかどうか、あんたは探りにきたんだ」

「知らない、知らない。うるさいっ」

　隙間から見える中垣の表情は、しかし知っていると告げていた。今は怒りより恐怖のほうが強いようだ。青ざめた顔に、汗を浮かべている。

「その情報は、もう警察にいっている。遠からず刑事が訪ねてくるだろう」

とこれは、確証はない。だが航が通報しているはずだ。

「先に自首したほうが罪も軽くなるんじゃないか？　なぜじいさんを襲った？　じいさんになんの恨みがある。それとも社会に対する不満でもあるのか？」

「うるさい！」

俺は扉を押し、中垣も閉じようとして内側から押し、俺たちはしばらく攻防をしていた。中垣は、俺が最初イメージしていた青年ではなかったけれど、じゅうぶんに危うげだ。中に籠もらせてしまっては、首でもくくりかねない。

この扉は命綱だ。俺に対する恨みは、あとでじっくり聞いてやる。

警察の到着を待つ俺の耳に、ようやくサイレンの音が聞こえてきた。続けて車の停まる音、ドアの開閉の音、足音、と聞こえる。

「おい、そこどけよ。警察に任せろ！」

航の声だ。昨夜一緒に、萩谷の電話を聞いていたおかげでこの場所がわかったようだ。自転車を飛ばしてきたか。

「鷹代さん、下がっててください！」

阿左だったか右田だったか、刑事の声もする。俺は首を回してそちらを見て、叫ぶ。

「扉を閉められるわけにはいきません。代わってくれたら下がりますので！」

「きみのことじゃなくて」

「おふたりとももう、だいじょうぶですから」

阿左と右田が順に言った。俺の目に、俺の姿をした航が、勢いよく階段を駆け上がってくるのが見えた。下がってくださいと言われた鷹代さんとは、航のことか。

それにしてもなかなかの脚力だな。すごいじゃないか、俺の身体。

そう思ったときだった。

身体の芯が、急に熱くなった。痛みが襲ってくる。

俺の腹から、包丁の柄がにょっきりと出ていた。扉はいつ開いたのか、汗でべったり濡れた顔の中垣が半笑いを浮かべている。しまった。玄関の脇に流し台があることに、気づいていたのに。

「社会に対する不満だと？　テレビの馬鹿コメンテーターみたいなこと、言ってんじゃねえよ。全部、おまえのジジイが悪いんだ」

「……お、俺が？」

中垣は、左手に持っていた金属の棒を、右手に持ち替えた。レンチだ。

「ジジイが、だ！　おまえのジジイが、おれの父親を殺したんだ。おれの今を、未来を、奪ったんだ」

殺した？　それはいったい、なんの話だ？

「武器を捨てろ！」

阿左が叫ぶ。

中垣がレンチを振りかざす。

「クソ孫の未来も奪ってやったぞ。ざまあみろ！　死ね！」

「じいさん！」

「下がって！」

「確保しろ！」

いろんな人の声が交錯する。阿左に右田、他にも体格のいい男たちが目の前を行き交っている。視界が揺らいで、ぼんやりと遠のく。

外廊下は狭い。男たちがぎゅうぎゅう詰めになったところで、誰かが弾きだされた。

「あ」

ゴンゴンゴンゴン、と大きな音を立てて、人が階段を逆さまに落ちていった。残像に、緑色が見える。コンビニの制服の色だ。まさか。

「鷹代さん！」

「だれかこっちの鷹代さんを」

……航？　俺？　こっちってどっちだ？

気が遠くなっていく。目の前が暗い。

今飛び交っている声の中に、航のものはない。おい航。どうなったんだ、航。

「中垣！」

「……現行犯だ。言い逃れはできんぞ」

「……スパナを証拠物件として……」

違う。それはレンチだ。一般に、口が開いているのをスパナ、閉じているのをレンチと呼ぶ。そいつが持っているのは、めがねレンチと言うんだ。覚えておけ。

最後に、そんなことを思った。

8　航

オレが目を覚ましたのは、またもや病院のベッドの上だった。

息が苦しく、人が影のようにぼやんとしている。寒い寒い、とつぶやく自分の声が聞こえた。ぼやんとした誰かが、熱のせいですよと答える。座薬を入れますね、とも聞こえた。

座薬って、尻に入れるアレのことだよな。フツーの薬がいい、やめてくれ、と答えたつもりだが伝わらないのか、体勢を横向きに変えられる。脚にシーツの当たる感触はあったが、胴から腰回りはなにも感じない。よくわからないうちにまた上向きで寝かされ、再び気づいたときには汗でびしょ濡れになっていた。痛みはそれほどでもない。

頭から階段を転げ落ちた、そのはずだ。

中垣がじいさんに叫んだセリフは覚えている。じいさんが、彼の父親を殺したと。彼の今を、未来を奪ったと。

じいさんが殺人犯？　そんなばかな。

っていうか、じいさんって今、オレだよな。オレ、このあと取り調べられちゃうの？　狭い部屋で、電灯の光を顔に当てられて、白状しろ、とか罵倒(ばとう)されるわけ？　勘弁してくれよ。

オレ、どうなっちゃうんだ？

そんなことを思っているうちに、また眠りに誘われた。遠くで泣き声がする。あれはかあさんの声だ。それから、あいつ、阿左さんだっけ、刑事の声もする。

「お葬式で……」

と、かあさんの声が聞こえた。

オレの心臓が跳ねる。

葬式？　誰の？　まさかじいさん？　っていうかオレの身体？

待ってくれ。オレの中身はここにいる。焼かないでくれ。戻れなくなるじゃないか。やめろ。戻してくれ、オレの身体に。

オレはまだ、十七歳なんだぞ！

「まだ十七だ！　死にたくない！」

ぼやんとした影がいつの間にか、白い服を着た女性になっていた。オレのそばに立って、点滴の管をいじっている。

「ええ。十七歳と三ヵ月ですね。ご気分はどうですか？」

「ええっと……」

「二日間眠っていたんですよ。でも安心してね。目を覚まされたなら、もうだいじょうぶだから」

「二日間って、あの」

それって、葬式もう、終わってないか？

「意識を回復されたこと、先生に伝えてきますね。ああ、そうそう。今は絶食で、そのあとお粥になる予定ですが、お腹が空いても決して買い食いなどしないように。あなたぐらいの子は、勝手に下のコンビニに行ってあれこれ食べちゃうんだから」

えええええー？

あなたぐらいの、子？　オレって、オレ？　オレオレ？

「あの、オレ、オレ、頭を打ったんじゃ」

「お腹を刺されたんですよ。覚えていませんか？　刺されたままの状態で運ばれたのがよかったんです。腸の傷を縫ってつないでいるので、当分は食事に注意が必要です」

腹を刺されたのは……

身体を起こそうとしたが、上半身がちっとも動かない。それでも動かそうとしたら、激痛が走った。そうか、さっきまで痛みが少なかったのは麻酔のおかげか。そうか、腹筋切れてるわけだ。

オレは苦労して姿勢を横向きに変え、下半身に視線を向けて、病衣のズボンを少し下ろした。左の太腿に、星のように散る火傷の痕が見えた。

オレだ。これはオレの身体だ。戻ったんだ。火傷の痕を見て、こんなに嬉しい気持ちになったのは初めてだ。

「なにをやってるの？　トイレ？　導尿してるからだいじょうぶよ」

別タイプの白衣を着た女性がやってきた。……導尿。またか。くそ恥ずかしい。だけどあのときの身体はじいさんで、今はオレ自身の身体だ。腹の痛みも導尿も、オレがオレでいることの証だと思えば我慢ができる。

白衣の女性はオレの身体をあちこちと触ってチェックしていった。自分や看護師の言うことを聞いて治療に努めれば早く治りますよ、若いんだからと太鼓判を押してくれる。

若い。その言葉に震えた。

若いって、すばらしい！

「わかった。オレもオレは、だいじょうぶだと思う。それよりじいさんは？」

「航！」

そのときベッドの足元の先を、かあさんが通りかかった。

オレがいるのは、以前、運び込まれたのと同じ病院のＩＣＵのようだ。両脇がカーテンで、足元のあたりが広く空間になっていて、その先に何台かの機械が見える。大きな部屋の壁際にベッドをずらりと並べ、間をカーテンで仕切る、という間取りになっていたはずだ。

かあさんは、大きな荷物を抱えていた。その荷物のまま、オレのベッドに駆け寄ってくる。

でる。

みるみるうちに目に涙をため、オレの頰を荷物を持っていないほうの手で叩くように撫でる。

「航はもう、危ないことをして。犯人に会いに行くなんて、どれだけ無謀なの」

「それはオレじゃない。っていうか、じいさんはどうした？ かあさん、お葬式ってじいさんのことか？」

「お葬式？」

「話していたじゃないか、あの刑事と。どういうことだ。じいさんの葬式、終わってないだろうな」

かあさんが目をまたたかせる。

「こらっ、葬式葬式と、勝手に殺すな」

じいさんのくぐもった声がした。足元の先を、ストレッチャーで運ばれている。

「じいさん！」

「おう。生きてるな」

寝たままの格好で、じいさんが片手を挙げた。その腕からは管が延び、口元も酸素マスクで覆われているが、たしかにそこにいるのは、じいさんだ。

「じいさん。よかった。生きてたんだ。本当によかった」

かあさんが戸惑うように、オレと背後のじいさんを順ぐりに見る。その姿が、だんだんとぼやけてきた。

「……くそ、心配させやがって」

「それは俺のセリフだ。おまえのほうが重傷だ。俺の手術はただの脚の骨折だ。医者の都合で手術を待機させられただけだ」

「お年寄りの方の脚の怪我を、馬鹿にしてはいけませんよ。骨折から寝たきりになって、寿命を縮めることにもなりかねません。リハビリをさぼらないよう、お孫さんからも言ってやってくださいね」

オレのそばの女性が言う。

「お年寄りだと？　失礼な。俺はまだ、六十三歳だ！」

じいさんが、口元に酸素マスクをつけたまま、叫んだ。

オレたちは、ＩＣＵのベッドに並んで寝かせられた。じいさんの身体も、頭を打ったせいで一日ほど意識がなかったらしい。脳のＣＴの映像には問題がなく、昨日のうちに目覚めた。しかし右脚の大腿部が折れていて、プレートを入れる手術を行った。なんでも手術や骨折などで脚を動かさずにいると肺塞栓(はいそくせん)症というのを起こしやすいらしい。血栓が肺に流れてくるものだそうだ。オレもじいさんも管理が必要なので、ここにいる、というわけだ。

とはいえ、ふたりとも容体は安定していて、かあさんも家に戻ってゆっくり休んでくださいと言われて帰っていった。

オレは声を潜め、カーテン越しにじいさんに話しかける。

「よかったな、じいさん。戻れて。やっぱり死ぬほどの目に遭わないと、戻れないものなんだな」

「戻れて？」

「不満か？　じいさんにしてみりゃ、そうかもな。けど、六十三歳のくせに、十七歳からやり直すなんて、ずるすぎ」

「……なにを言っているんだ？」

「なにって」

「だいたいおまえが、中垣に会いに行ったりしたのが悪い。警察に任せておけ」

「は？　会いに行ったの、じいさんだろ？　しかも学校、抜けだして。刺されるリスク、考えなかったのかよ」

「学校を抜けだしたのはおまえだろう。どうして俺が、学校に行っているんだ」

「いやいやいや、じいさんはオレだったときに、さんざん、さんざん迷惑、かけてくれたんだぞ？　漫研のこと、安立のこと、引っかきまわして」

「俺がおまえだったとき？　……航、おまえ本当にだいじょうぶか？　おまえこそ頭に血栓が流れてきているんじゃないか？」

「ええええー？　忘れたのかよ！　そっちこそ頭打って、おかしくなったんじゃないか？」

「鷹代さん！」

じいさんとオレの間のカーテンが、半分、開けられた。白衣の女性が間で仁王立ち（におうだち）をしている。

「静かになさってください。このＩＣＵにいるのはあなたがただけじゃないんですよ。声が頭に響くとおっしゃる方もいます」

すみません、とふたりで謝った。

ちょっと待てよ。どういうことなんだ。

オレはたしかにじいさんだったぞ。じいさんとしてコンビニで働き、道の向こうの学校でなにが起こっているか、じいさんがなにをしでかしているのか、気を揉んでいた。その間じいさんは、オレの姿なのをいいことに、高校生活をへらへらと楽しんでいた。

なんでじいさんがそれを忘れてるんだ。

「……なあ、じいさん」

オレは、もう一度声を潜めて呼びかける。

「さっきの看護師さん、似てたな」

全然関係ない返事が、じいさんから戻ってくる。

「誰に？」

「温子にだ。おまえのおばあさんだ。温子も看護師を、当時は看護婦と呼んだが、その仕事をしていた。俺の母親、おまえのひいおばあちゃんが入院したとき、担当してくれたのが縁で結婚した」

「ふうん」

それがどうした、という気もしたが、黙って聞くことにした。

「しかし温子は、真知子が中学生のときに交通事故で死んだ。温子は歩行者で、居眠り運転のトラックが横転して巻き添えになった。百パーセント、相手が悪い。そうだよな？」

「そりゃ、そうじゃない？」

「俺は三十五歳で、妻を亡くした。真知子もわずか十三歳で母親を亡くした。俺は相手の運転手を罵倒した。死ねとか殺すとか悪魔だとか、激しい言葉を使ったと思う。俺は、……ひどい人間だと思うか？」

じいさんの声が沈む。

「いやあ、それは、だって被害者だろ？　居眠り運転って」

「仕事が忙しくて、ろくに眠ってなかったらしい。その言い訳も聞いたが、だからって知るかとしか思えなかった。だったらおまえだけで死ね、関係ない温子を殺すなと、俺は香典を叩きつけに相手の病室に乗り込んだ。相手も怪我で、入院していたからだ。香典は、相手の妻が温子の葬式に届けにきたんだ」

「葬式？」

「ああ。……そうか、多分、葬式がどうこうと真知子が言ってたというのは、そのときのことだろう。真知子も覚えている話だからな。ともかく俺は、相手の病室に乗り込んだ。相手はベッドの上で頭を下げ、相手の妻は土下座をし、そばにいた小さな男の子の頭を無理やり押さえていた。それでも俺は罵倒し続けた」

「……うん」

「その男の子が、中垣のようだ」

え？

という声は、オレの喉で引っかかった。

「刑事に、阿左に聞いた。中垣の父親はその後交通刑務所に入り、そのせいで病気が見過ごされ、数年後に死んだ。中垣の母親は中垣を育てるために再婚したが、相手は乱暴な男で、母親は中垣が高校を卒業する前にまるで殺されたかのような死に方をしている。中垣は就職先に恵まれず、職を転々とした。兄弟姉妹はいない。親戚も父親の事故のせいで、累（るい）が及ぶのを嫌がって疎遠になった。義父とも縁が切れている」

「だ、だからってそれ、じいさんのせいじゃ」

「俺もそうは思う。中垣も最初はそう思っていたという」

「それも、阿左さんに聞いたの？」

「中垣はうちの工場に入って、俺の珍しい名前のせいで、早くから俺に気づいていたそうだ。ああ、中垣のほうは、母親の再婚で姓が変わっている。俺は気づかなかったわけだ。ともあれ中垣は、俺に怯えていたらしい。それもあってなお素直に見えるように振る舞っていたという。工場の経営悪化で自分と同様にリストラされた俺も、災難だなと思ったらしい。が、俺は存外明るかった。残る社員に文句も言わず、失業保険がでるぞとお気楽で、働くべきか年金を早めにもらうべきかと再雇用組同士で騒いでいた。それを見て、怒りが込みあげてきたそうだ。……言い訳をするとな。俺はそこまで能天気じゃないぞ。だが文句を言っても会社の決定が覆るわけじゃない。ならばなるべく明るく、機嫌よく過ごしたほうがいいだろ？」

　そうはいっても、中垣の思いは、オレがじいさんに対して感じていたことと近い。

　じいさんは気楽に見えるし、そうふるまう。身内でさえ、呆れているのだ。そういう背景を持った中垣から見たら、さぞ腹立たしかっただろう。

　じいさんが話を続ける。

「自分の世代は、仕事や社会に恵まれていない。フリーターも派遣も調整弁、働かせるだけ働かせ、会社の都合でいいようにクビを切られる。年金だって払い損なだけ。……中垣がそんな風に感じていたところへ、俺が酔いにまかせて、工作所を立ち上げるなんて話をはじめた。退職金を元手に、おまえたちも雇ってやると先輩風を吹かせて」

「……じいさん」

「中垣は、阿左に言ったそうだ。年寄りなら年寄りらしく、殊勝におとなしくしていればいいものを、若ぶった格好をしていたのも腹が立った、と。一方で、自分はまだ若いと言った舌の根も乾かぬうちに、老人としての権利は主張する、と。おまえもそう思うか？　航。おまえが、あの野球帽を俺と共有することを嫌がったのは、そういうことなのかな」

　返事ができない。オレもたしかに、そう思ったから。

　でも、じいさんの気持ちもわかる。自分がじいさんになってみて、周りからどんな目で見られているのかを知って、なんとなくだけどわかった。じいさん扱いも、労わられるのも嫌だった。オレはジジイじゃないと、何度も心で叫んだ。

じいさんはその後も淡々と、阿左さんから聞いた中垣の話をしてくれた。中垣は、素直に警察に話をしているようだ。やっと自分の話を聞いてくれる人がいた、と思っているらしい。というか、そう感じさせるよう、阿左さんたちが巧く持っていっているんだろう。

事件の夜、中垣はじいさんを呼びだした。そのとき中垣は、駅近くの漫画喫茶にいたそうだ。先払いの店で、テレビと椅子の幅だけの個室ブースだ。その中にいるふりをして、トイレの窓から外にでたらしい。以前、自転車のパーツを盗まれた経験から、駅の駐輪場の防犯カメラのかなりがダミーだということは知っていたという。やってきたじいさんを背後からナイフで刺す。隠し持っていたレンチで殴る。そして死んだじいさんをスライドラックの陰に隠した。――つもりだったが、刺し方が甘くて内臓は逸れ、思いのほかじいさんは石頭だった。中垣はなにも気づかず、再び、漫画喫茶に戻る。

中垣はアリバイを確保して安心していたが、やがてじいさんが死んではいないとわかった。いったんは逃げようとしたものの、じいさんは記憶が混乱し、犯人の見当もつかないと言っていることを知る。ちなみに逃げようと思ったその日、腹痛を理由に食品工場を休んだそうだ。漫画喫茶のことにせよ、食品工場の欠勤にせよ、今にも自分たちが調べるところだった、と阿左さんはじいさんに言ったそうだ。……嘘だろ、としか思えないけど。

じいさんの動向は、事件の被害者というプチ有名人だったおかげか、噂で入ってきたという。特に同じアパートに住む萩谷さんが、いろいろ教えてくれたようだ。萩谷さんはじいさんが言っていたように、人の好い単純なタイプらしい。特に中垣から探らせたつもりもないという。

じいさんの記憶は戻っていないと、中垣はそう聞いていたが、どうにも不安に勝てなかった。そこで、眼鏡をかけるという変装をして、コンビニにやってきた。それがオレの不審を呼んだのだ。

「やっぱり中垣は、気が弱くて、犯罪者の器じゃないんだろうな」

じいさんがしみじみと言った。

おいおい、じいさんこそ、なにを気弱になってるんだ。

「どんな理由があろうと、悪いことは悪い、オレの知ってるじいさんなら、そう言う」

「そうかな」

「じいさん、自分を責めてるのか？　そりゃじいさんは、三十年近く前に、中垣の親を罵倒した。リストラの後でも、中垣の過去を知らず、不用意なこと、言ったかもしれない。だからってフツー、刺すか？　殴るか？　悪いのはあっち」

「……だが環境は人を変える。どこかでリセットが必要だったんだ。それを俺は、思い知ったよ」

じいさんが、重々しいため息をつく。

「もうやめ、やめ。それよりオレたちの話、しよう。じいさんがさんざん引っかきまわした、オレの高校生活の話。本当に覚えてないのか？」

「さっぱりわからない。おまえはなにを言ってるんだ？」

「だからさ」

「いいかげんにしろ。俺は疲れた。寝る」

「はあ？」

それきりじいさんは、話しかけても答えてくれなかった。少しでもしつこくすると、看護師がやってくる。なんだよ、くそ。自分の言いたいことだけ言って、オレの話は無視か？　どんだけマイペースなんだよ。

翌日、じいさんはＩＣＵを出ていった。整形外科病棟に移ったのだ。オレも夕方には外科病棟に移された。後日、動けるようになってすぐ痛い腹を抱えながら会いに行ったが、じいさんは早くも同室に、いや病棟中に友だちを作っていて、ろくに相手をしてくれない。それればかりか、中垣逮捕のときのじいさんとオレの武勇伝を、盛りに盛って周囲に披露する始末だ。

入れ替わりの話なんてちっとも耳を傾けてくれない。頭はだいじょうぶか？　のひとことで終了だ。

とはいえオレも、じいさんばかりにかまってはいられなかった。

予想外だったが、一番先に病室に見舞いに来てくれたのは、安立だ。面会謝絶が解けたとたんにやってきたのだ。

「鷹代くんって、バカなんじゃないの？」

安立にとってもオレは、犯人に会いに行った無謀な人間、ということになっているらしい。真面目な安立は、その後も何度かノートを届けてくれた。かあさんに誤解されたのは申し訳ない。安立にはオリンピックという内緒のカレシがいるのだ。

もちろんオリンピックもやってきた。

「鷹代はおじいさん思いなんだな。二学期になってから、きみのいろいろな面が見えて、自分の視野の狭さを思い知らされているよ」

なんて言いながら。

等々力をはじめとした漫研連中もやってきた。忙しいと言いながら、小宮も一緒だ。

「ギリギリだが、部誌は無事にできたぞ。鷹代は明日の文化祭に来られるのか？　おまえが売り子になってくれたら、みるみる人が集まってくるんだが」

「無理だ。それにオレは人寄せパンダじゃない」

醒めた口調でそう言ったら、全員がつっつきあって爆笑していた。どういうことだ。今まではオレの皮肉に等々力も皮肉で返し、白けたムードが漂っていたのに。

「人間大のパンダのパネルを作りましょうよ」

「いいな。それに鷹代の顔写真を貼るんだ」

三浦が提案し、佐川がまぜかえしている。

「来年の合作は、鷹代先輩の大冒険なんてどうっすかね？」

古田も笑って言う。

「やんないよ。オレたち三年生だ。引退だ」

オレは断固拒否する。

「取材をもとにしたルポ形式にすればいいじゃないか」

小宮の更なる提案に、みながまた盛り上がった。いったいいつの間に、こんなに和気藹々になったんだ？　オレを巻き込むなよ、おい。

文化祭は出られなかったが、ＬＩＮＥで写真がやってきた。次から次へと。

オレ自身のスマホが、オレの枕元に戻されていた。じいさんとオレが入れ替わっていたときに、無理やり持っていかれたスマホだ。かあさんが、オレのものだからと置いてくれたのだろう。

オレはじいさんと入れ替わる前のアカウントを復活させようと思ったけれど、そのままにしておくことにした。メッセージがどんどんやってきて、変えるほうが面倒だったのだ。

それからも毎日、病室には誰かしらやってきた。あまり話をしたことのないクラスメイトもだ。安立と鉢合（はちあ）わせになり、また噂を立てられるのではとビクビクした。

やがてオレは退院した。学校に行くと、多くの人が肩を叩いて歓迎してくれた。ちょっとだけひっかかりを持った表情で、副担任の奥山先生も握手を求めてきた。担任の工藤先生は、中間試験に間に合ったなと、嫌なことを思いださせてくれた。

病室に来てくれなかったふたりには、オレから会いに行った。

高校前のコンビニの店長と尾田さんのことだ。来てくれなかった、は、我ながら恨みがましい表現だな。訂正。じいさんの病室には個別にそれぞれで行っていたらしい。店長たちにとってのアルバイト——辞めることになってしまったけど——は、あくまでじいさんだからだ。それでもオレの顔は覚えてくれていて、こんにちはと話しかけるとふたりともレジカウンターの向こうで笑顔になった。

「おじいさんは、その後どう？」

店長に問われる。

「リハビリがんばってます」

「それにしても、きみって大胆な子だわ。殺されなくてよかったね」

尾田さんが言う。だから中垣のところに乗り込んでったのは、じいさんだっつうの。

「ふたりに謝らなくてはと思って。……あの日、突然仕事を放りだして、本当にすみませんでした」

オレは、頭を深く下げた。店長が笑う。

「きみが謝ることじゃないし、おじいさんにはもう謝ってもらってるよ」

それはそうだが、オレにだってけじめってものがある。あれは当時のオレだから。

……と思うんだけどなあ。それともじいさんから聞いた話を、自分のことだと勘違いしてるのか？　あんまり否定されるので、オレ自身もよくわからなくなってきている。

「ところでおじいさん、頭も打ってるんでしょ？　だいじょうぶ？」

尾田さんが意味ありげに問うてくる。

「だいじょうぶ、ですが？」

「そう？　でも話がところどころ、食い違うのよね。あのね、犯人は中垣って人じゃないかって警察に通報したの、鷹代さんが防犯カメラのデータをチェックしたからなのよね。きみも、そのぐらいは聞いてる？」

「ええ、まあ」

　オレは内心で苦笑する。

「でね、その日の午前に、女性の客が自転車を倒して、でも自分は片づけないで、鷹代さんに片づけさせたことがあったのね。ところがなんとその人、鷹代さんの抜けた穴を埋めるアルバイトの募集に応募してきたのよ。厚顔無恥（こうがんむち）よねー。自分で片づけもできない人、雇っちゃダメよって店長にチクっちゃった。って話のネタにしたんだけど、鷹代さん、ぽかんとしちゃって。説明したら思いだしたって言うんだけど、でも話がずれてて」

　あ、と思った。そうだ、尾田さんはあのとき、立ち読みをしていた女性を呆れた目で見ていた。

　中垣が防犯カメラに映っていたことは連絡したが、データを確認しようと思った遠因になった女性客の話までは、じいさんにはしていない。

　あれはオレだけが知っていること。そしてじいさんが知らないこと。

なのにじいさんは、知っているふりをした。

「転倒から認知症になることってあるのよ。検査、受けといたほうがよくない？」

他に聞いている客もいないのに、尾田さんが小声で言う。オレは思わず笑顔になった。

「ありがとうございます。でも問題なさそうです、うちのじいさんは」

じいさんは、オレたちが入れ替わっていたことを覚えている。わざと、オレの話がわからないふりをしているんだ。

オレは、じいさんの言葉を思いだしていた。

――環境は人を変える。どこかでリセットが必要だったんだ。

じいさんは、オレの環境を変えようとしているんだ。もとのオレに戻らせるんじゃなく、自分が変えたイメージのオレに軌道修正、リセットさせようと思ったんだ。

オレはずっと考えていた。オレたちがなぜ入れ替わったのか、どうして元に戻ったのか、と。そこになにか意味はあるのだろうかと。

でもじいさんは、多分こう思っているんじゃないかな。

意味を考えても正解はわからない、意味がないなら作っていこう、と。それがきっと、オレのリセットだ。

まったくあのくそジジイ、勝手なことを。

オレの考えを無視して、自分が決めた方向がいいとばっかり思いこんでいる。

ＩＣＵの隣のベッドで、反省したのか、しおらしそうにしていたが、ベースは全然変わってないじゃないか。

だが生憎オレは、もとのオレじゃない。じいさんとして扱われたなかで、いろいろな経験を積んだぞ。人間的成長ってやつだ。なにしろオレは若い。吸収力も伸びしろもある。あんたとは違うんだ。ざまあみろ。

「ねえきみ、鷹代くん。だいじょうぶ？」

ふふ、ふふふ、という笑い声が漏れていたようだ。尾田さんが心配そうに見てくる。

「はい。平気です。なんか、楽しくて」

「……そ、そう？」

「命拾いをしたから、毎日が愛おしく思えるというところかな。本当によかったね」

店長が店長らしく、穏やかに言った。

「はい。ありがとうございました。また買い物にきます」

オレはもう一度深く礼をして、コンビニをあとにした。ぴろぴろぴろという自動ドアの音が見送ってくれる。

道路の向こうに校舎が見える。じいさんも通っていた学校。だが今は、オレの学校だ。

くそジジイめ。面白いことしてくれるじゃないか。

だがあんたの好きにはさせない。オレはオレとして、オレが信じる方向に生きてやる。

それこそがオレにとって、意味のあることだ。

エピローグ

「おい航、朝の挨拶はどうした。ちゃんとメシを食ってから行け」

オレが階段を下りてそのまま玄関に向かおうとすると、リビングの扉が開いた。じいさんが顔を覗かせている。

「時間ない」

「早く起きないからだ。また夜遅くまで漫画を描いていたんだろう。おまえ、受験生になったという自覚はあるのか。勉強はどうした」

「やってる。じゃあな」

「単語で答えるな。いいから食え。食わないと頭が働かない」

じいさんがオレの腕をつかんで、キッチン兼リビングに引っ張ってくる。口の中にトーストをつっこまれた。

「お父さんものんびり食べてないで。今日はパソコン教室があるんでしょう?」

かあさんが食器を片づけながら言う。

あれから半年ほどが過ぎた。二〇一八年四月、オレは晴れて高校三年生になった。じいさんの言うとおり、花の受験生だ。漫研では今、新入生を勧誘するという大仕事で忙しい。美術部と共同戦線を張る予定だ。

じいさんは、本気で起業を考えているらしい。パソコンの他にも、経理を習っている。修理を中心に多少の工作関係の仕事も行う便利屋のようなものが実現可能だろうとのことだ。元銀行員の洲本さんにも、融資の相談をしていると聞く。ちなみに、洲本さんには改めてがっちり謝ったそうだ。娘のことはともかく、四十数年前のことは洲本さんも忘れていたらしく、呆れ顔だったらしい。

それにしても、六十三歳で起業だなんて、だいじょうぶなのか？

オレたちふたり——といってもオレの中身はじいさんだったが——を襲った中垣は、今、裁判の最中だ。検察は、殺人未遂として起訴した。弁護側は傷害として罪を軽くしたいらしいけど、計画性が認められるから難しいんじゃないだろうか。じいさんの財布から金も持っていっている。

ところがじいさん、罪を軽くする嘆願書なんてのを提出しちゃったらしい。おかしいんじゃない？

しかも刑期が終わって戻ってきたら、自分の便利屋で雇うつもりだなんて言っている。戻るのいつだよ。じいさん、あんたはいくつになるんだよ。

「さ、航、行くぞ」

「行くぞって、引きとめたくせに」

いいからいいから、と、なにがいいのかよくわからないことを言って、じいさんに尻を叩かれながら玄関を出る。オレは自転車、じいさんはスクーターだ。オレが先に、猫の額ほどの庭から出る。

前の道まで出たところで、かあさんの声が頭上から降ってきた。二階のオレの部屋の窓から、鞄を手にして、大きく振っている。

「航！　これは？　今日は体操着、要らないの？」

「あ、要る！　放り投げてくれる？」

オレは自転車に乗ったまま、方向転換をした。そのとき。

「うわああ、航！」

目の前に、じいさんのスクーターがつっこんできた。

オレも「うわあ」と叫び、かあさんが「きゃああ」と叫び、地面にブレーキの音が鳴った。じいさんのスクーターとオレの自転車が横倒しになる。オレも頭に衝撃を受けた。

こわごわ、目を開ける。

オレは十七歳？　それとも六十三歳？　どっちだ？

解説——人格の入れ替わった祖父と孫が事件に挑む

細谷正充（文芸評論家）

我が家には、水生大海の『少女たちの羅針盤』が二冊ある。一冊は、第一回ばらのまち福山ミステリー文学新人賞優秀作を二〇〇八年に受賞し、翌〇九年七月に原書房から刊行された単行本だ。一九九五年に秋田書店から漫画家デビューした作者は、その後、小説の執筆を開始し、二〇〇五年に「叶っては、いけない」で第一回チュンソフト小説大賞（ミステリー／ホラー部門）の銅賞を受賞。そして前記の『少女たちの羅針盤』（応募時タイトル「罪人いずくにか」）で、作家デビューを果たしたのである。

エンターテインメント系の新人デビュー作は、基本的に読むことにしているので、当然、本書を購入した。一読、優れた青春ミステリーであることが分かり、大いに満足したものである。そう思った人は多かったらしく、作品は評判になった。長崎俊一監督で映画化も決定。二〇一一年五月に公開された。これに併せて刊行された新装版が、私の所持する二冊目の『少女たちの羅針盤』だ。新たに書き下ろし短篇の「ムーンウォーク」が収録されていたので、やはり当然のように購入。『少女たちの羅針盤』の世界を舞台にした、新たな作品が読めるとなれば、買わないわけにはいかなかった。そのように読者を動かすだけの力が、あったのである。

以後、作者は順調なペースで作品を発表。愉快な設定の安楽椅子（いす）探偵物「ランチ探偵」シリーズ、社会派お仕事ミステリー『きみの正義は　社労士のヒナコ』、サプライズ特化のダーク・ミステリー短篇集『最後のページをめくるまで』など、多彩な内容で読者を楽しませている。もちろん本書も、作者ならではのユニークなミステリーだ。

本書『オレと俺』は、第一話から三話までを、祥伝社のWEBマガジン「コフレ」で、二〇一七年七月から十二月にかけて連載。第四話と五話を書き下ろしで収録し、二〇一八年六月に単行本が『１７×６３（イチナナカケルロクサン）　鷹代航（たかしろわたる）は覚えている』のタイトルで刊行された。物語の主人公は、十七歳の鷹代航と、その祖父で六十三歳の章吾（しょうご）。航は、漫画家をひそかに目指していることを除けば、ごく平凡な少年。片言めいた言葉遣いで、高校では目立つことなく過ごしている。

一方の章吾はエンジニアだが、リストラで長年勤めた会社を退職。今は連日、ジムに通っている。陽気な性格だが、いささか無神経。本人は気づいていないが、そんなところが航に嫌われていた。なお鷹代家には、もうひとり、章吾の娘で航の母親の真知子（まちこ）がいる。章吾の妻は、自動車事故ですでに死去。真知子は航が幼い頃に、ある理由から夫と離婚している。ということで鷹代家は三人家族だ。

第一話は発端篇といえるだろう。ある夜、自転車置き場で、何者かに襲われ倒れていた章吾を航が発見。しかし駆け寄った瞬間、自転車をぶつけられ気絶してしまう。病院に担(かつ)ぎ込まれたふたりだが、気がついてみると、なぜか人格が入れ替わっていた。章吾になった航は、困惑しながらも祖父を襲った犯人を見つけようと考える。そして航になった章吾は、孫に成りすまして高校へ通うのだった。

ふたりの人間の人格が入れ替わり、ドタバタ騒ぎが起こる。このような人格交換の物語が、いつ生まれたかは分からない（人間自体が入れ替わる話は、かなり昔からある）。識者のご教授を得たいところだ。だが、一般に知られるようになった作品ははっきりしている。大林宣彦(おおばやしのぶひこ)監督の映画『転校生(てんこうせい)』だ。いわゆる「尾道(おのみち)三部作」第一弾である。本書の冒頭の章吾と航の会話にも、大ヒット・アニメ『君の名は。』と一緒にタイトルが出てくるが、とにかく『転校生』以降、人格入れ替わりの物語が増え、現在へと繋がっている。本書も、そのアイデアを使いながら、斬新な連作ミステリーを創り上げたのだ。

第一話で、ある人物を事件の容疑者から外しながら、航の内向的で、ちょっと〝いこじ〟な性格が、どのように形成されたかを、ストーリーの流れの中で明らかにする。作者の手際(てぎわ)は鮮(あざ)やかであり、これだけで物語の世界に入り込んでしまった。

そして第二話から四話までは、航の周囲で起きる日常の謎が題材となる。漫研に所属しているが、クラスと同じように、どこか距離を置いていた航。部長の等々力（とどろき）が合作漫画を作るというが、乗り気になれない。ところが、かつて航と同じ高校に通い、美術部員だった章吾は、割とやる気。等々力家に漫研のみんなと泊まり込み、創作に勤（いそ）しむ。だが、等々力家に飾ってあった、四百万円もする皿が割られるという事件が発生。航のふりをしていた章吾が容疑者になってしまうのだ。

　事件に遭遇し、いろいろ観察しているのは章吾。真相を見抜くのは、祖父から話を聞いた航。そして事件を丸く収めるのが章吾。祖父と孫。ふたりのコンビネーションが面白く、事件の意外な真相と相俟（あいま）って、楽しく読めた。伏線の張り方も巧（たく）み。特殊設定の名探偵物として、読みごたえがあった。

　なお、合作漫画では、それぞれの担当する人物が手を繋ぐシーンが大変なので減らすなど、漫画家だった作者ならではの描写が興味深い。さらに、等々力の母親が昔読んでいた少女漫画として、日渡早紀（ひわたりさき）の『ぼくの地球を守って』と佐々木淳子（ささきじゅんこ）の『ダークグリーン』が挙げられているが、どちらもSFの人気作であった。これだけで母親の若い頃の姿が浮かぶ。こういうちょっとしたところも、本書の魅力になっているのだ。

　以後、第三話は、女子のクラス委員の安立（あだち）ちえみが、いやがらせを受けていることに気づいた章吾が、いろいろと心配する。お節介だが、気のいい老人なのだ。しかし祖父の行動で、自分の学園生活がメチャクチャになると思った航は、学校の近くのコンビニでバイトを始める。章吾を見張るためだ。その航のバイトが、いやがらせ事件の真相を見抜く一助となる。いや、物語の組み立てが、実に考え抜かれているのだ。

　物語の組み立てに関しては、第四話も注目すべき点がある。美術室に出るという幽霊の噂と、漫研と美術部を兼任している小宮の絵が消えた謎。ふたつの件をクロスさせた真相が鮮やかである。しかも、かつて章吾が通っていた高校という設定が、軽く生かされているのだ。おまけにラストの第五話で、この設定がさらにクローズアップされる。章吾が襲撃された事件は、日常の謎ではなく、凶悪な犯罪だ。しかし真相は、どこか切ない。人格が入れ替わったふたりがどうなるのかまで含めて、最後まで強いリーダビリティに貫かれた一冊なのである。

　ところで本書において航と章吾の年齢として設定された数字が、どうにも気になってしまう。「１７」と「６３」。私は、この数字が、ふたりを象徴しているように思えてならないのだ。まず「１７」だが、これは素数である。ちなみに素数とは、１より大きい自然数で、正の約数が１と自分のみの数をいう。要は、１とその数字意外に、割り切る数字がないということだ。そして「６３」は、合成数である。１とその数字意外にも、約数を持つ数のことだ。「６３」だと、３、７、９、２１でも割り切れる。

これはそのまま、航と章吾に当てはまるのではないか。若さと過去の事情から頑(かたく)なな航は、まるで素数のように物事を割り切れないでいる。それに対して章吾は年の功と性格で、合成数のように物事を割り切る。合作誌が完成しないと思って不満を抱えている航と、それでもいいと考えている章吾。この違いは事件にも表れる。第二話や三話の事件について、犯人や関係者の事情を割り切って考え、章吾は大袈裟(おおげさ)にすることなく収めてしまうのだ。そうした章吾の姿勢や、さまざまな事件の真相を通じて、航は変わっていく。そういえば航は、エピローグで高校三年生になる。「18」歳——すなわち合成数だ。もちろんまだ若い航は、これからも割り切れないことにぶつかるだろう。それでも本書とは違う態度で人間や出来事と向き合えるはずだ。本書は航の成長物語にもなっているのである。

　では章吾はどうか。すでに老人である彼は、大きく変化することはない。しかし第五話で、他人が自分をどう見ているのか知り、少しだけ変わる。そう、人は年齢に関係なく、成長することができるのだ。本書の読み味が気持ちいいのは、祖父と孫のふたりが、共に前に進んでいるからだろう。この本に出会えてよかった。読み終わって、素直にそう思える一冊なのである。

（この作品は平成三十年六月、小社より『17×63 鷹代航は覚えている』と題し四六判で刊行されたものに、著者が加筆・修正したものです。

この作品はフィクションであり、登場する人物および団体、事件はすべて実在するものといっさい関係ありません）

オレと俺

一〇〇字書評

切り取り線

購買動機（新聞、雑誌名を記入するか、あるいは○をつけてください）

- □（　　　　　　　　　　　　）の広告を見て
- □（　　　　　　　　　　　　）の書評を見て
- □ 知人のすすめで
- □ タイトルに惹かれて
- □ カバーが良かったから
- □ 内容が面白そうだから
- □ 好きな作家だから
- □ 好きな分野の本だから

・最近、最も感銘を受けた作品名をお書き下さい

・あなたのお好きな作家名をお書き下さい

・その他、ご要望がありましたらお書き下さい

住所	〒				
氏名		職業		年齢	
Eメール	※携帯には配信できません		新刊情報等のメール配信を 希望する・しない		

この本の感想を、編集部までお寄せいただけたらありがたく存じます。今後の企画の参考にさせていただきます。Eメールでも結構です。

いただいた「一〇〇字書評」は、新聞・雑誌等に紹介させていただくことがあります。その場合はお礼として特製図書カードを差し上げます。

前ページの原稿用紙に書評をお書きの上、切り取り、左記までお送り下さい。宛先の住所は不要です。

なお、ご記入いただいたお名前、ご住所等は、書評紹介の事前了解、謝礼のお届けのためだけに利用し、そのほかの目的のために利用することはありません。

〒一〇一-八七〇一
祥伝社文庫編集長　坂口芳和
電話　〇三（三二六五）二〇八〇

祥伝社ホームページの「ブックレビュー」からも、書き込めます。
www.shodensha.co.jp/bookreview

祥伝社文庫

オレと俺（おれ）

令和 3 年 4 月20日　初版第 1 刷発行

著　者　水生大海（みずきひろみ）

発行者　辻　浩明

発行所　祥伝社（しょうでんしゃ）

東京都千代田区神田神保町 3-3

〒101-8701

電話　03（3265）2081（販売部）

電話　03（3265）2080（編集部）

電話　03（3265）3622（業務部）

www.shodensha.co.jp

印刷所　堀内印刷

製本所　積信堂

カバーフォーマットデザイン　芥 陽子

 ISBN978-4-396-34720-8 C0193

祥伝社文庫の好評既刊

白河三兎　**ふたえ**

「ひとりぼっちでいることは、青春の無駄遣いですか？」切ない驚きがあなたを包み込む、修学旅行を巡る物語。

白河三兎　**他に好きな人がいるから**

君が最初で最後――。白兎の被り物をした少女と、彼女のカメラマンを引き受けてしまった僕の、切ない初恋物語。

小路幸也　**マイ・ディア・ポリスマン**

超一流のカンを持つお巡りさん・宇田巡が出会った女子高生にはある特殊能力が。ハートフルミステリー第一弾！

小路幸也　**春は始まりのうた**
マイ・ディア・ポリスマン

スゴ技を持つ美少女マンガ家は、恋人のお巡りさんを見張る不審な男に気づく。謎多き交番ミステリー第二弾！

佐藤青南　**たぶん、出会わなければよかった嘘つきな君に**

これは恋か罠か、それとも……？　ときめきと恐怖が交錯する、衝撃の結末が待つどんでん返し純愛ミステリー！

佐藤青南　**たとえば、君という裏切り**

三つの物語が結実した先にある衝撃とは？　二度読み必至のあまりに切なく震える恋愛ミステリー。

祥伝社文庫の好評既刊

原田ひ香　**ランチ酒**

バツイチ、アラサー。唯一の贅沢は、夜勤明けの「ランチ酒」。心に沁みる、珠玉の人間ドラマ×絶品グルメ小説。

飛鳥井千砂　**そのバケツでは水がくめない**

公私の垣根を越え、大切なものを分かち合ったはずの「友情」は、取るに足らないきっかけから綻びはじめる……。

大崎　梢　**空色の小鳥**

その少女は幸せの青い鳥なのか？　亡き兄の隠し子を密かに引き取り育てる男の、ある計画とは……。

近藤史恵　**スーツケースの半分は**

あなたの旅に、幸多かれ――青いスーツケースが運ぶ〝新しい私〟との出会い。心にふわっと風が吹く幸せつなぐ物語。

宮津大蔵　**ヅカメン！**　お父ちゃんたちの宝塚

タカラジェンヌの〝お父ちゃん〟となった鉄道員の汗と涙の日々。タカラヅカを支える男達が織りなす、七つの奮闘物語。

宮津大蔵　**ワイルドでいこう　疾走する車いす**

体は自由に動かせないけど、髪も染めたいし、プロレスもしたい！　障がいとともに疾走する人々の「生」を描く。